L’héritage des Chatsfield

Derrière les somptueuses portes des hôtels Chatsfield existe un monde fait de luxe, de glamour et de volupté, réservé aux élites, aux riches et aux puissants. Et depuis des décennies, Gene Chatsfield, le patriarche, est aux commandes de cet empire hors du commun, tandis que ses héritiers parcourent le monde pour s’adonner à leurs plus scandaleux plaisirs.

Aujourd’hui pourtant, tout est sur le point de changer : Gene a nommé un nouveau P.-D.G. Un homme qu’on dit froid et impitoyable. Un homme qui n’a jamais connu l’échec et dont la mission est de faire rentrer les héritiers Chatsfield dans le rang.

Passez les portes de l’hôtel, installez-vous confortablement dans la luxueuse suite qui vous a été réservée et assistez aux bouleversements qui vont secouer cet univers de scandale et de passion…

Une princesse à séduire

Les Chatsfield

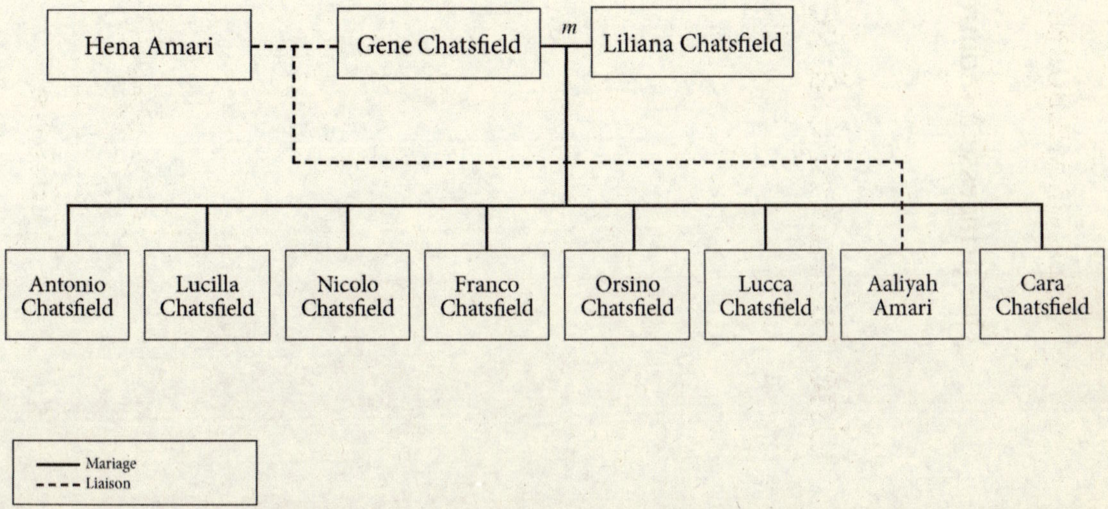

MELANIE MILBURNE

Une princesse à séduire

Azur

HARLEQUIN

Collection : Azur

Cet ouvrage a été publié en langue anglaise
sous le titre :
PLAYBOY'S LESSON

Traduction française de
ELISABETH MARZIN

HARLEQUIN
83-85, boulevard Vincent-Auriol, 75646 PARIS CEDEX 13
Service Lectrices — Tél. : 01 45 82 47 47

www.harlequin.fr

ISBN 978-2-2803-2765-7 — ISSN 0993-4448

1.

Il fallait reconnaître que même pour un Chatsfield, le dernier de ses exploits à s'étaler en une de la presse à scandale londonienne était gratiné… Lucca se cala dans son siège en face de Christos Giatrakos, le nouveau gendarme de son père, et arbora un de ses légendaires sourires indolents.

— Qu'est-ce qui vous a le plus tapé sur les nerfs ? Les menottes ?

Le nouveau directeur général de la chaîne hôtelière Chatsfield manquait autant d'humour que d'indulgence. Tout dans son visage de marbre, depuis ses traits durs jusqu'à sa bouche pincée en passant par ses yeux bleus au regard glacial, reflétait sa nature intransigeante.

— Nous avons l'habitude de lire le récit de vos aventures sordides dans les tabloïds, mais celle-ci crée en plus le buzz sur les réseaux sociaux. Vous n'avez jamais rien fait d'autre que de ternir la réputation de cet hôtel par votre conduite indigne.

Blablabla… Lucca bâilla ouvertement. A-sso-mmant. Déjà entendu. Des centaines… peut-être des milliers de fois. Il se renversa sur les pieds arrière de sa chaise et se maintint en équilibre sans quitter des yeux le D.G. Ce genre d'affrontement, il en avait l'habitude. Et il y prenait un certain plaisir. C'était une façon de se rattraper après la fois où il avait tremblé de peur à sept ans quand il avait été convoqué dans le bureau du directeur de la pension. Il ne se laissait plus jamais intimider.

Jamais.

— La seule chose qui est prévisible chez vous c'est votre imprévisibilité, poursuivit le D.G. Puisque vous avez systématiquement refusé de vous acheter une conduite, on va prendre les mesures nécessaires à votre place.

— C'est juste une fête qui a un peu dérapé. La presse l'a présentée comme une orgie, mais je n'ai même pas couché avec une seule de ces filles. Enfin, peut-être juste une, mais c'est parce que j'étais menotté au lit. Comment aurais-je pu faire autrement ?

La mâchoire du D.G. se crispa.

— Votre père a décidé de ne plus vous verser la rente prévue dans le cadre de la fiducie familiale des Chatsfield, à moins que vous n'acceptiez de remplir la mission que je vais vous confier. Ce sera un grand changement pour vous de travailler au lieu de passer votre temps à faire la fête.

Lucca redressa sa chaise et les pieds avant retombèrent sur le tapis avec un bruit étouffé. La semaine prochaine il comptait se rendre à Monaco pour assister à une vente d'œuvres d'art. Il voulait absolument acquérir pour sa collection un des portraits miniatures mis aux enchères. Son instinct lui disait que dans quelques années ce dernier vaudrait des millions. Il n'avait aucune envie de rater la vente de sa vie parce qu'il serait exilé dans un coin perdu. Cependant, il n'avait pas envie non plus de perdre sa rente. Sa famille — sa lamentable famille — la lui devait.

— Quel genre de mission ?

— Un mois en poste au Chatsfield de l'île de Preitalle dans la Méditerranée.

Lucca réprima un soupir de soulagement. Le petit royaume de Preitalle se trouvait à moins d'une heure d'hélicoptère de Monaco. Malgré tout, il serait peut-être dans son intérêt de paraître contrarié. Le D.G. de son père avait décidé de le punir et de toute évidence ça le réjouissait.

Ordure.

— Pour faire quoi ?

Lucca feignit l'appréhension. Ça faisait partie du jeu.

Donner à l'adversaire ce qu'il attendait. Du moins en apparence… Une lueur malveillante fit briller les yeux froids du D.G.

— Organiser en collaboration avec Son Altesse Royale la princesse Charlotte le mariage de sa sœur Madeleine, qui aura lieu à la fin du mois.

Renversant la tête en arrière, Lucca éclata de rire.

— Vous plaisantez, n'est-ce pas ? Moi ? Organiser un mariage ? Je n'y connais absolument rien ! Une fête ? D'accord. Un mariage ? Impossible.

— Ce sera l'occasion de faire votre apprentissage. Et puis vous avez la réputation d'être expert en matière de femmes. Vous savez exactement ce qu'elles veulent, paraît-il. Voilà une chance de faire enfin bon usage de votre science.

Autant jouer le jeu, décida Lucca. Vu la date du mariage, les préparatifs étaient sûrement bien avancés. Il laisserait les spécialistes régler les derniers détails pendant qu'il se prélasserait sur une des plages de Preitalle.

De toute façon, il commençait à en avoir assez de Londres. Il s'était amusé comme un fou à causer des scandales et à narguer l'establishment avec ses provocations, mais on ne pouvait pas passer sa vie à faire la fête et à coucher à droite et à gauche. C'était épuisant.

Et même — oui, il fallait bien l'admettre — ennuyeux.

Il avait envie de consacrer plus de temps à ses peintures. Pas seulement celles qu'il collectionnait. Les siennes aussi. Sa passion pour le dessin était née dès qu'il avait su tenir un crayon. Dessiner lui permettait de s'isoler dans un univers bien à lui, où il trouvait le calme et l'équilibre. C'était ce qui lui avait servi de point d'ancrage pendant son enfance chaotique. Quand le cyclone familial faisait rage autour de lui, il avait pris l'habitude de se réfugier dans son monde intérieur. Il avait passé des heures assis en tailleur sous le portrait de sa mère peint par Graham Laurent, s'exerçant à reproduire ces traits qui s'effaçaient inexorablement de sa mémoire, mais qui resteraient à jamais fixés sur la toile.

Il prenait un plaisir infini au processus de création qui débutait par les premières esquisses au crayon sur une toile minuscule, pour aboutir à une miniature encadrée portant sa signature.

Passer le mois de juin dans la Méditerranée lui permettrait de s'adonner à cette passion plutôt qu'à ses vices. En fait, cette punition qu'on lui infligeait était plutôt une aubaine.

Lucca se renversa de nouveau sur les pieds arrière de sa chaise.

— Et la petite princesse, ça lui plaît l'idée d'avoir un adjoint ?

— Un adjoint ?

Outragée, Lottie regarda sa sœur Madeleine, sans comprendre.

— Tu penses que j'ai besoin de quelqu'un pour m'aider ? Tu ne me crois pas capable d'organiser ton mariage ? C'est maman qui l'a suggéré ? Papa ? Un des conseillers du palais ?

— Hé ! Doucement ! s'exclama Madeleine en levant les mains. Ça fait partie de l'accord qui nous permet d'organiser la réception au Chatsfield. La décision émane de la direction générale de l'hôtel, mais je l'ai approuvée. Le D.G. nous envoie un représentant de la famille Chatsfield, qui travaillera à tes côtés.

— Mais j'ai déjà tout planifié !

Lottie tapota le dossier épais comme une encyclopédie qu'elle avait apporté.

— Chaque détail est décrit là-dedans. La dernière chose dont j'ai besoin c'est que quelqu'un vienne tout modifier au dernier moment !

Madeleine se cala dans son fauteuil et croisa délicatement les jambes pour examiner ses ongles de pieds tout juste vernis.

— Ça sera bien pour toi d'avoir quelqu'un avec qui partager la charge de travail.

Elle sourit avec cet air de dire « je sais mieux que toi » qui avait le don d'hérisser Lottie.

— Quelqu'un de jeune et branché qui connaît les nouvelles tendances.

Lottie serra les dents. Sa sœur la trouvait vieux jeu, mais avait-elle vraiment besoin de le souligner en recrutant un fêtard professionnel ?

— Qui envoient-ils ?

— Un des jumeaux.

L'estomac de Lottie se noua. Oh non… Pourvu que ce ne soit pas…

— Lequel ?

— Lucca.

Lottie ferma brièvement les yeux.

— Tu as bien dit… ?

Madeleine hocha la tête.

— Oui.

Lottie déglutit péniblement.

— Celui dont la photo a fait le tour sur internet ? La photo dans la chambre d'hôtel où il ne porte rien d'autre qu'un… je ne sais pas comment ça s'appelle… en cuir garni de clous ?

— Lui-même.

— Oh ! mon Dieu !

— Je suis certaine qu'il aura un comportement irréprochable pendant son séjour ici. D'après la rumeur, s'il ne s'amende pas son père lui coupera les vivres.

— Si je comprends bien, je suis censée être un genre de coach de changement de conduite ? Qui a eu cette idée ridicule ? Tu es sûre que ce n'est pas une plaisanterie ? Dis-moi que c'est une plaisanterie.

— Non, ça n'en est pas une. En fait, je pense qu'à long terme ce sera bon pour la Couronne. Tu sais bien que tout le monde considère la famille royale de Preitalle comme rétrograde et inutile. Nous ne jouissons pas du même prestige que les autres familles royales européennes. Mais si nous offrons une image de nous plus moderne, ça peut être salutaire pour notre avenir. Lucca Chatsfield est invité aux fêtes les plus médiatisées d'Europe et des Etats-Unis. Il fréquente des gens que le commun des mortels n'a aucune chance d'approcher. Rock stars, acteurs, réalisateurs… Le fait qu'il participe à l'organisation de mon mariage va augmenter ma popularité. J'en suis persuadée.

Lottie leva les yeux au ciel.

— Comment un fêtard invétéré va-t-il m'aider à organiser un mariage royal ?

— Pourquoi ne lui poses-tu pas la question ? demanda Madeleine avec un autre de ses sourires suffisants. Tu entends l'hélicoptère qui atterrit ? Lucca Chatsfield vient juste d'arriver.

Lucca avait un programme très précis. Il ferait un saut au palais pour rencontrer la princesse organisatrice du mariage, puis il repartirait aussitôt. Il la laisserait s'occuper de fleurs et de fanfreluches pendant qu'il se prélasserait sur la plage la plus proche, étendu sur un transat avec un cocktail, en compagnie d'une serveuse en Bikini.

Il avait fait des recherches pendant le voyage. La princesse Madeleine, aînée et héritière du trône, était la sœur choyée. Pas une enfant gâtée à proprement parler, mais une jeune femme qui connaissait son destin depuis toujours et l'acceptait sans réserve. Après avoir été courtisée pendant des années par des jeunes gens de toutes les grandes familles d'Europe, elle s'était fiancée avec un Anglais à l'air studieux, Edward Trowbridge. Apparemment, Madeleine souhaitait une réception somptueuse au Chatsfield et elle avait nommé sa sœur cadette, Charlotte, organisatrice en chef du mariage.

La presse regorgeait de photos de Madeleine de Chavelier. C'était une splendide blonde plantureuse aux yeux bleus et au caractère extraverti, qui tiendrait son rôle à la perfection lorsque le moment viendrait pour elle de prendre la relève de ses parents. A en juger par l'absence de clichés peu flatteurs, elle avait la faveur des paparazzi. Elle était également très appréciée des grands couturiers, conscients qu'il suffisait qu'elle apparaisse une fois en public dans une tenue, pour que celle-ci devienne une pièce incontournable de la saison.

On ne pouvait pas en dire autant de la princesse Charlotte. Très critiquée pour son manque d'élégance, elle était la cible de commentaires malveillants et sans doute injustes. Les comparaisons avec sa sœur, forcément à son désavantage, étaient illustrées par des photos prises sur le vif qui lui donnaient un air sévère. Il n'avait rien trouvé sur sa vie privée, à part un entrefilet sur une brève aventure qu'elle aurait eue à dix-huit ans avec le fils d'un diplomate, alors qu'elle étudiait dans une institution pour jeunes filles en Suisse. Si elle avait une vie sociale, celle-ci n'était pas assez palpitante pour retenir l'attention des paparazzi. Ce qui, il fallait bien le reconnaître, était intrigant. Et donc émoustillant. Lucca réprima un sourire. Il n'y avait rien de plus excitant que les femmes qui cachaient bien leur jeu.

— Par ici, monsieur Chatsfield.

Un serviteur du palais ouvrit une porte donnant sur un salon et s'inclina légèrement.

— Son Altesse Royale la princesse Charlotte vous attend.

La première chose que remarqua Lucca en pénétrant dans la pièce, ce fut une paire d'yeux d'un vert émeraude très lumineux derrière des lunettes à monture d'écaille. La princesse se tenait très droite, tel un soldat de plomb face à une bataille imaginaire. Pas un seul muscle de son corps svelte ne frémissait. Comme si elle était pétrifiée… Non, pas tout à fait. Son index gauche donnait des petits coups rapides contre l'ongle de son pouce. Sans doute une habitude inconsciente.

Il comprenait mieux pourquoi les journalistes faisaient

des gorges chaudes de sa manière de s'habiller… A en juger par sa tenue, soit elle ne savait pas reconnaître ce qui lui allait, soit elle choisissait délibérément les vêtements les moins seyants. Jupe écossaise sous le genou, chemisier de coton marron et cardigan ample qui dissimulait sa silhouette mince… Pas de doute, elle ressemblait plus à une badaude qu'à une princesse seconde dans l'ordre de succession au trône. Ses cheveux, ni blonds ni châtains, mais d'une couleur indéfinissable et tirés en arrière, lui donnaient l'air compassé d'une maîtresse d'école.

— Bienvenue au palais royal de Preitalle, monsieur Chatsfield, dit-elle d'un ton neutre avec une pointe d'accent français.

Elle lui tendit une main minuscule, et lorsqu'il referma les doigts dessus celle-ci palpita comme un petit oiseau au creux de sa paume. Transpercé par une flèche de désir, il la lâcha aussitôt.

— Merci, Votre Altesse Royale, répliqua-t-il avec une politesse imperturbable.

Il était peut-être un coureur, mais il savait bien se tenir quand les circonstances l'exigeaient. Même s'il trouvait ces salamalecs ridicules. Pour lui, les gens étaient juste des gens. Riches ou pauvres. De sang royal ou pas.

Charlotte pinça les lèvres et le regard de Lucca fut irrésistiblement attiré par sa bouche. Une bouche aux lèvres pulpeuses et bien roses, sans la moindre couche de rouge à lèvres ni même de gloss. Une bouche qui semblait capable de passion et contrastait avec l'allure guindée de sa propriétaire. Ces vêtements informes et ce visage de marbre cacheraient-ils un tempérament ardent ? Un frisson parcourut Lucca. Son exil sur cette île semblait plus prometteur que prévu…

Charlotte recula d'un pas, comme quelqu'un qui prend soudain conscience de la chaleur d'un feu. Redressant les épaules, elle croisa les bras et referma les mains sur ses coudes.

— Je crois que vous avez été envoyé ici pour être mon assistant.

Lucca réprima un sourire. Cet air hautain était décidément très excitant. L'attitude de cette femme était si différente des femmes qu'il fréquentait d'ordinaire… Ni minauderies ni battements de cils. Ni roucoulements ni murmures. Ni regards ambigus ni décolleté provocant.

Ah non, alors.

Elle était tendue, elle lui parlait sur un ton crispé et elle le regardait de haut.

— C'est exact, répliqua-t-il en s'inclinant avec une déférence exagérée.

Elle releva le menton et ses yeux émeraude étincelèrent derrière ses lunettes.

— Je préfère vous informer que votre présence ici est à la fois inutile et contraire à ma volonté.

Ouah ! C'était ce qui s'appelait ne pas prendre de gants…

Lucca avait prévu de laisser Charlotte travailler seule, mais cette hostilité non dissimulée le contraria. Il n'avait pas l'habitude d'être renvoyé comme un domestique qui ne se serait pas montré à la hauteur. Il appartenait à une des familles les plus fortunées d'Angleterre. Pas question de laisser une petite princesse arrogante le priver de sa pension, en le renvoyant avant même qu'il ait eu le temps d'effectuer une journée de « travail ». Il avait bien l'intention de sauver les apparences et de donner satisfaction aux instances dirigeantes à Londres.

— Le mariage de votre sœur ne peut pas être organisé sans la coopération de ma famille, rappela-t-il. L'hôtel Chatsfield est le seul lieu assez vaste et moderne de Preitalle pour la réception d'un mariage royal.

Charlotte darda sur lui un regard de défi.

— Elle peut très bien se tenir ici au palais, dans la salle de réception. C'est ce que j'ai proposé à ma sœur au départ.

— Mais ce n'est pas ce qu'elle souhaite.

Le sang de Lucca s'échauffait peu à peu, attisant son désir. Cette joute verbale était très stimulante…

— L'hôtel est plus proche de la cathédrale et elle a choisi le Chatsfield pour donner une image plus moderne de la Couronne de Preitalle, non ?

Charlotte pinça de nouveau les lèvres. Il pouvait presque entendre le tic-tac des rouages de son brillant petit cerveau… Elle préparait sa contre-attaque. Elle cherchait dans son stock de répliques celle qui serait la plus cinglante.

— Je ne vois pas comment un homme, qui gaspille le temps et l'argent de sa famille en vivant dans la débauche, pourrait m'être d'une quelconque utilité.

Lucca eut un sourire narquois.

— Au contraire, petite princesse. Je pense être en mesure de faire faire à ce royaume une entrée fracassante dans le XXIe siècle.

Charlotte devint écarlate.

— Je vous prierai de m'épargner vos familiarités. On doit me donner le titre de Votre Altesse Royale la première fois, puis Madame ensuite.

— Madame comme une maîtresse d'école ?

Visiblement outrée, elle gagna l'autre bout de la pièce d'une démarche altière et, les bras toujours croisés, s'immobilisa devant les fenêtres donnant sur le parc. De toute évidence, elle ne contrôlait la colère qui la faisait vibrer qu'au prix d'un immense effort. Mais nul doute qu'elle avait reçu l'éducation appropriée. Les princesses devaient avoir des accès de colère comme tout le monde, mais elles se devaient de se dominer, au moins en public. Cependant, il parierait qu'en ce moment même Sa Très Haute Grandeur Royale échangerait volontiers sa plus belle tiare contre la possibilité de lui flanquer une gifle retentissante…

— Je ne veux plus rien avoir affaire avec vous, déclara-t-elle d'un ton sec. Allez-vous-en.

— Ecoutez, mon ange, nous sommes condamnés à nous entendre, au moins pour sauver les apparences. Votre grande sœur semble tenir à ce que nous travaillions ensemble et j'ai la très nette impression que ses désirs sont des ordres.

Pour être très franc, je préférerais travailler mon bronzage sur une de vos plages, de préférence en compagnie d'une belle blonde ou deux. Alors renvoyez-moi si vous voulez, ça m'est complètement égal. Mais vous pouvez oublier le Chatsfield pour la réception.

Elle se tourna vers lui et le regarda comme s'il était un insecte répugnant.

— Vous êtes l'homme le plus méprisable que j'aie jamais rencontré.

— Vous devriez sortir plus souvent, rétorqua-t-il avec son sourire indolent. Je peux vous assurer qu'il y en a des tas d'autres comme moi.

— Sortez avant que je vous fasse jeter dehors par la sécurité.

Haussant les épaules, il se dirigea vers la sortie.

— Si vous avez besoin de moi, je serai au Chatsfield dans la suite du dernier étage.

Arrivé à la porte, il se retourna et lui envoya un baiser.

— *Ciao.*

2.

Quelques minutes plus tard, Lottie entra chez sa sœur comme un ouragan.

— Tu ne peux pas m'infliger ça ! Cet homme est insupportable ! Je n'ai jamais vu quelqu'un d'aussi grossier. Qu'est-ce qui t'a pris de le faire venir ici ? Je ne travaillerai pas avec lui. Tu m'entends ? Il n'en est pas question !

Assise à sa coiffeuse, Madeleine essayait un nouveau fard à paupières. Elle pivota lentement sur son tabouret de velours.

— Mais si tu vas travailler avec lui. Je veux que ma réception ait lieu au Chatsfield. Nous en parlions déjà quand nous étions enfants. Je ne vais pas laisser une incompatibilité de caractères gâcher mon mariage de conte de fées.

Lottie aimait sa sœur, mais elle détestait son côté autoritaire. Elles n'avaient que trois ans de différence d'âge, mais une fois que sa sœur aînée avait décidé quelque chose, il était pratiquement impossible de la faire changer d'avis.

Mais ça n'allait pas l'empêcher d'essayer !

— Cet homme est odieux ! Il est arrivé en prenant de grands airs, comme si j'étais une domestique au lieu d'une princesse. Il m'a appelée mon ange !

Madeleine pouffa.

— Vraiment ?

Lottie la foudroya du regard.

— Et de plus il a tenu ma main beaucoup trop longtemps.

Et il lui avait envoyé un baiser. Mais ça, elle ne pouvait pas en parler. Elle était trop furieuse pour trouver les mots.

L'audace de cet homme était incroyable. Rien que de penser à son insolence, elle bouillait de colère… Comment osait-il la traiter comme une de ses petites pétasses ?

— Il est superbe, n'est-ce pas ?

Madeleine pivota de nouveau sur son tabouret pour appliquer le fard gris perle sur sa paupière gauche.

— Si je n'étais pas déjà prise, je lui ferais des avances. Il a ce côté mauvais garçon, cet esprit désinvolte et narquois qui font vaciller les filles sur leurs jambes.

Lottie serra les jambes, juste au cas où il leur viendrait à l'idée de se laisser influencer par les commentaires de sa sœur. N'avaient-elles pas déjà réagi de manière très inopportune à l'homme lui-même ? Dès que Lucca Chatsfield avait pris la main qu'elle lui tendait, un feu étrange s'était allumé au centre de son être. Et il continuait d'y brûler secrètement depuis… Mais la lueur narquoise qui brillait dans les yeux bruns, qui se promenaient sur elle, l'avait horripilée. Elle savait qu'elle n'était pas la plus belle de la famille. Lucca Chatsfield était-il vraiment obligé de remuer le couteau dans la plaie ?

Maîtresse d'école !

Il fallait qu'elle se débarrasse de lui le plus rapidement possible. S'il se mêlait de l'organisation du mariage, il saboterait tout son travail. Ses frasques alimentaient régulièrement les pages people. C'était un séducteur invétéré. Il ne sortait pas avec les femmes. Il couchait avec elles, puis il les quittait avant qu'elles aient le temps d'enregistrer son numéro de téléphone. Pas une seule de ses relations n'avait duré plus de vingt-quatre heures. Les aventures éclair, c'était sa spécialité. Quel intérêt aurait-il à organiser un mariage ?

— Tu sais parfaitement qu'il n'est pas venu ici pour travailler, déclara Lottie en relevant le menton. Il n'est là que pour la galerie. Et il a l'intention de consacrer son séjour au farniente. Il ne l'a pas caché. Cet homme n'a absolument aucun scrupule.

Madeleine appliqua une touche de blush sur ses pommettes.

— Dans ce cas, tu devrais le prendre en main. Le mettre au travail. Et même l'écraser de travail.

J'a*i surtout envie de l'écraser contre le mur,* songea Lottie avec hargne. *De lui arracher les yeux. De lui flanquer une paire de gifles. De le...*

Madeleine lui sourit dans le miroir.

— Eh bien, regarde-toi, ma chérie. Je ne t'ai jamais vue aussi énervée. Il te fait vraiment un drôle d'effet, on dirait.

Lottie s'empressa de revêtir son masque habituel de princesse de glace, même si elle continuait de bouillir intérieurement.

— Je saurai m'y prendre avec lui. C'est juste un petit garçon qui a oublié de devenir adulte.

— A moi, il me semble tout à fait adulte.

Madeleine sourit, les yeux pétillant de malice.

— Du moins, c'est l'impression que j'ai eue en voyant cette photo dans le tabloïd londonien.

Lottie battit des cils avec mépris.

— Je ne veux pas qu'on me rappelle ce que fait cet homme pendant son temps libre.

— Alors fais en sorte qu'il n'en ait pas. Donne-lui des tas de choses à faire. Ça ne te ferait pas de mal de déléguer un peu. Tu sais bien que tu as tendance à vouloir tout contrôler.

— L'expérience m'a appris que si je veux que le travail soit bien fait, je dois le faire moi-même. Chaque fois que je me suis reposée sur quelqu'un j'ai été déçue.

Madeleine eut une petite moue boudeuse.

— Ce n'est pas valable pour moi, j'espère ?

Lottie réprima un soupir. Inutile de discuter. Madeleine se considérait comme la grande sœur modèle. Tout ce qu'elle faisait était bien. Leurs parents ne la critiquaient jamais. La presse ne lui trouvait jamais aucun défaut. Elle était toujours habillée avec goût et ne commettait jamais d'impair. Elle ne se rongeait pas les ongles quand elle était nerveuse. Elle n'avait pas provoqué de scandale, elle, la première fois qu'elle avait été lâchée dans une institution pour jeunes filles. Elle ne s'était pas crue amoureuse d'un garçon qui n'avait couché avec elle que parce qu'elle appartenait à une famille royale.

Non.

Madeleine était parfaite.

Lottie expira longuement.

— Non. Bien sûr que non.

Sa sœur pivota de nouveau sur son tabouret.

— Tu ne crois pas qu'il serait temps que tu te décontractes un peu ? Que tu sortes un peu plus, que tu n'attaches pas systématiquement tes cheveux ? Ça fait des années que…

— Arrête.

— Il faut que tu passes à autre chose. Ça fait… combien ? Cinq ans depuis la Suisse ? Tu ne veux même pas en parler. Tu ne crois pas qu'il serait temps… ?

— Ça appartient au passé et je veux que ça y reste.

— Chaque fois que quelqu'un prononce le mot « Suisse », tu tressailles. Tiens, tu viens encore de le faire.

Lottie ouvrit avec détermination le dossier de la préparation du mariage.

— Le dernier essayage de la robe est fixé une semaine avant le mariage, à 10 heures précises.

— Tu n'es plus sortie avec un seul garçon depuis, insista Madeleine. Tu ne peux pas continuer à te cloîtrer indéfiniment. On ne gâche pas sa vie pour une déception amoureuse. Tu as vingt-trois ans, pour l'amour du ciel ! Tu devrais sortir et t'amuser. Tu es en train de perdre tes plus belles années.

— Je ne perds rien du tout, répliqua Lottie en s'efforçant de prendre un ton convaincu.

Même si elle n'avait jamais été aussi extravertie que sa sœur, elle n'était pas non plus quelqu'un de renfermé. Cependant, sa première expérience sexuelle lui avait laissé un goût très amer. En découvrant sur le portable de son petit ami des photos de leurs moments les plus intimes, qu'il avait partagées avec ses amis, elle était tombée de haut. Heureusement, son père avait réussi à empêcher la diffusion des images. Mais depuis ce jour, elle n'avait plus jamais eu de relations amoureuses.

Cela ne lui manquait pas. Du moins, c'était ce qu'elle se disait. Les baisers enflammés, les caresses grisantes, le plaisir dévastateur, tout cela elle ne s'autorisait plus à y penser. La passion était trop incontrôlable. Elle annihilait la raison et la volonté.

Peu à peu, sa sensualité étouffée avait fini par s'éteindre… du moins c'était ce qu'elle pensait, jusqu'à l'instant où la main de Lucca Chatsfield s'était refermée sur la sienne. De longs frissons avaient couru le long de son épine dorsale et une chaleur oubliée s'était répandue dans tout son corps…

Assez. Jamais elle n'aurait une aventure avec un play-boy qui couchait à droite et à gauche. Jamais, au grand jamais.

Elle allait plutôt le mettre au travail.

Lucca sirotait un martini quand il entendit frapper deux coups secs. Il se leva, s'étira et se dirigea d'un pas nonchalant vers la porte de sa suite.

— Bonjour, petite princesse… Et pile à l'heure.

Les yeux émeraude de la princesse Charlotte lancèrent des étincelles. Elle releva le menton puis prit une profonde inspiration, comme si elle avait toutes les peines du monde à garder son calme. Lucca en fut étrangement touché. Coincée et pourtant si ardente…

Adorable. Unique.

Elle avait le genre de physique qu'on se surprenait à apprécier de plus en plus au fil du temps. Pas une beauté saisissante comme sa sœur, mais un charme subtil qui se révélait plus fascinant à chaque seconde. Elle avait changé de lunettes. Mais malgré la monture en métal argenté moins épaisse que celle en écaille, elle avait toujours l'air aussi studieux.

— Nous avons du travail, annonça-t-elle sans préambule.

— Nous ?

Elle pinça les lèvres.

— Vous n'êtes pas ici pour faire la fête. Vous êtes venu pour m'aider. Et c'est ce que vous allez faire.

— Vous voulez boire quelque chose ?

— Monsieur Chatsfield, il ne s'agit pas d'une visite de courtoisie. Je suis venue vous confier des tâches pour la préparation du mariage.

— Faites-moi plaisir.

Il s'effaça pour la laisser entrer et referma la porte avec un sourire charmeur.

— Je ne travaille jamais avec les idées claires.

Elle lui lança un regard si méprisant qu'il en frissonna. L'antipathie qu'elle éprouvait pour lui était palpable. Et ce séjour s'annonçait beaucoup plus amusant qu'il ne l'avait prévu…

De toute évidence, elle avait un tempérament volcanique sous ses dehors guindés. La princesse de glace serait-elle en réalité une amante passionnée ? Il brûlait d'envie de le découvrir.

Elle remonta ses lunettes sur son nez d'un geste vif.

— Je ne travaille qu'avec les idées claires.

— Dans ce cas, nous nous complétons parfaitement, vous ne croyez pas ?

Il but une gorgée de martini, tandis qu'elle dardait sur lui un regard encore plus méprisant. Bien sûr elle ne pouvait pas le savoir, mais elle correspondait exactement à ses fantasmes de maîtresse d'école. Elle ne faisait aucun effort pour dissimuler le dégoût que lui inspiraient son style de vie et sa personnalité. Allait-il être très difficile d'obtenir que cette bouche pincée lui sourie ou s'abandonne à un baiser ?

Et ce petit corps mince… Elle portait une robe de lin beige qui couvrait ses genoux, serrée à la taille par une fine ceinture vernie noire, un cardigan à manches trois quarts assorti et des escarpins noirs à talons plats. Ses vêtements étaient assez élégants, mais le style et leur couleur ne lui allaient pas et elle ressemblait à une petite fille qui avait fouillé dans la garde-robe de sa grand-mère pour se déguiser. Elle avait un rang de perles autour du cou et une perle à chaque oreille. Ses cheveux étaient toujours relevés en chignon. Cette coiffure peu flatteuse avait cependant l'avantage de dégager son cou gracieux où battait une petite veine.

Elle pivota sur elle-même et fit quelques pas dans la suite avant de se retourner vers lui brusquement.

— Etes-vous allé à un mariage récemment ? demanda-t-elle d'un ton glacial.

— Non. Généralement, j'essaie de les éviter.

— Et votre frère jumeau ? Il est marié, n'est-ce pas ?

— Séparé.

Lucca but une autre gorgée de martini. La relation d'Orsino avec Poppy Graham avait toujours été un peu compliquée. Il soupçonnait que tout n'était pas fini entre son frère et son épouse, mais il n'avait pas envie d'ennuyer Orsino en posant trop de questions. Ils avaient beau être proches, ils menaient des vies très différentes.

— Il s'est marié il y a cinq ans, lors d'une cérémonie rapide. Vous en avez peut-être entendu parler. Il y a eu beaucoup d'articles dans la presse à l'époque.

— Je n'ai pas l'habitude de lire ce genre d'inepties.

— Seulement les classiques ? commenta-t-il en riant. Tolstoï ? Hardy ? Dickens ? Dostoïevski ?

Elle le foudroya du regard.

— Et vos autres frères et sœurs ? Y en a-t-il qui sont mariés ?

— Non, aucun de nous n'a eu la chance — ou la malchance, selon le point de vue — de rencontrer l'âme sœur. Remarquez, vu l'exemple de nos parents, il n'est pas étonnant que nous ayons tous un peu peur du mariage.

Il y eut un long silence.

Pourquoi avait-il donné tous ces détails sur sa famille ? Bah, aucune importance : elle pouvait en trouver encore davantage sur internet ou dans les magazines people si l'envie lui en prenait. Les gens se demandaient toujours où se trouvait sa mère, qui avait fini par laisser tomber toute la famille peu après la naissance de sa plus jeune sœur, Cara, laissant des papiers de divorce signés sur le bureau de son père. Personne n'avait plus eu de nouvelles depuis.

Le naufrage du mariage de ses parents avait affecté tous ses frères et sœurs, à des degrés divers. Il aimait penser qu'il était le moins touché, mais à quoi bon se mentir ? Il n'était pas nécessaire d'être psy pour comprendre que son incapacité à avoir une vie affective était due à un traumatisme remontant à son enfance. Il n'en parlait pas. A personne. Il n'y pensait même pas. Le petit garçon qui pleurait toutes les nuits parce que sa mère lui manquait n'existait plus depuis longtemps.

Sa philosophie de la vie se résumait à la recherche du plaisir. Il était un épicurien pur et dur. Il ne s'en cachait pas et ne s'en excusait pas non plus. Il était né riche et il tirait le meilleur parti de ce privilège. A quoi bon travailler ?

Il vivait pour faire la fête.

Toutes ses relations étaient éphémères. Comme les fêtes. Il y consacrait quelques heures, le temps de savourer son plaisir, puis il passait à la suivante. Il ne cherchait pas à faire souffrir les gens. Ce n'était pas son truc. Il avait trop souffert lui-même pendant son enfance pour avoir envie de faire souffrir les autres. Il se servait d'eux, certes, mais en faisant en sorte de ne pas les blesser. Il mettait fin à ses aventures de manière si habile que les femmes en avaient à peine conscience.

Comme si la petite princesse coincée comprenait que sa famille était un sujet douloureux et n'osant exprimer une compassion qu'elle ne ressentait pas, elle annonça soudain :

— J'aimerais inspecter la salle de bal de l'hôtel et je voudrais que vous m'accompagniez.

Lucca la considéra avec perplexité. C'était visiblement la dernière chose dont elle avait envie. Alors pourquoi avait-elle brusquement changé d'avis et décidé de solliciter sa collaboration aux préparatifs du mariage ? Etait-ce sa sœur qui l'avait exigé ? Il savait que la princesse Madeleine tenait à avoir un mariage somptueux et il n'y avait pas d'endroit plus indiqué qu'un hôtel Chatsfield pour organiser une réception inoubliable.

A moins que la princesse Charlotte tente de le prendre à son propre jeu… Qu'elle lui inflige une série d'inspections et de réunions d'un ennui mortel pour le pousser à jeter l'éponge…

Eh bien, elle ne se débarrasserait pas de lui aussi facilement. Il ferait ce qu'elle lui demanderait, mais en s'arrangeant pour s'amuser le plus possible.

— Bien sûr.

Il posa son verre et lui adressa un sourire charmeur.

— Je suis tout à vous.

Lottie se dirigea vers l'ascenseur en s'efforçant de garder le dos bien droit. Lucca Chatsfield ne la quittait pas des yeux, elle le savait. Elle sentait son regard suivre chacun de ses mouvements. C'était un coureur incorrigible et elle n'avait aucune raison de s'intéresser, même vaguement, à son enfance perturbée par le départ d'une mère qui s'était évanouie dans la nature. Son frère jumeau et lui avaient été élevés par leurs frères et sœurs et par un père connu pour ses liaisons multiples et ses beuveries ? Et alors ? En quoi cela la concernait-il ?

Lucca Chatsfield était là pour de mauvaises raisons et elle devait s'en débarrasser par n'importe quel moyen. Elle ne voulait pas que quoi que ce soit puisse compromettre ses préparatifs méticuleux du mariage de Madeleine.

— Vous n'êtes pas censée avoir des gardes du corps ? demanda Lucca derrière, elle en tendant le bras pour appeler l'ascenseur alors qu'elle s'apprêtait à appuyer sur le bouton.

Elle retira précipitamment sa main, mais elle ne put éviter d'effleurer la sienne. A son grand dam, une vive chaleur se répandit dans tout son corps. Pourquoi cet homme lui faisait-il un tel effet ? Tout chez lui la déstabilisait. Son sourire charmeur, la lueur narquoise qui brillait dans ses yeux bruns, et sa désinvolture horripilante.

C'était un play-boy égoïste et superficiel, qui n'avait rien de mieux à faire que de se promener autour du monde sans s'en faire. A sa connaissance, il n'avait jamais vraiment travaillé — contrairement à son frère jumeau, qui soutenait des associations caritatives via la pratique de sports extrêmes — et ne s'occupait que de lui-même.

Lottie garda les yeux rivés sur les voyants lumineux indiquant la progression de l'ascenseur, beaucoup trop consciente à son goût de la présence de Lucca Chatsfield derrière elle. Il émanait de lui des vibrations qui semblaient se répercuter en elle, comme s'il promenait une main invisible sur ses cheveux, son cou, ses seins, son ventre, avant de la glisser entre ses…

S'efforçant de se ressaisir, elle s'éclaircit la voix.

— Je préfère me déplacer dans la principauté sans équipe de sécurité, sauf quand c'est absolument nécessaire.

Comment sa voix pouvait-elle être aussi calme alors que des torrents de lave en fusion couraient dans ses veines ?

— Quand je voyage à l'étranger c'est différent, mais j'essaie quand même de rester discrète. C'est ma sœur qui est le point de mire de tout le monde, pas moi.

— Ça vous ennuie ?

Lottie se risqua à jeter un coup d'œil à Lucca. Il l'étudiait d'un regard songeur dans lequel ne brillait plus la moindre lueur narquoise. Electrisée, elle perdit aussitôt le fil de la conversation. Ses yeux étaient d'un brun si foncé qu'on distinguait à peine les pupilles… Elle laissa son regard descendre lentement. Oh ! cette bouche ! Jamais elle n'avait vu des lèvres aussi sensuelles ! Quant à la barbe naissante qui recouvrait sa mâchoire… Elle fut prise d'une envie irrésistible de la caresser. Il y avait si longtemps qu'elle n'avait pas touché un homme…

Le tintement annonçant l'arrivée de l'ascenseur la fit tressaillir. Reprenant ses esprits, elle répondit d'un ton posé :

— Non, bien sûr que non. Je n'ai jamais aimé être en vedette.

— Est-ce ce qui explique votre façon de vous habiller ?

Elle plissa le front.

— Quel est le problème avec ma façon de m'habiller ?

— On dirait que vous vous apprêtez à aller aux funérailles d'une grand-tante célibataire.

— Cette robe est un modèle haute couture. Elle a coûté une fortune. Et je vous signale que je n'ai pas de grand-tante célibataire.

— On dirait que cette robe a été dessinée pour une femme dans la soixantaine. Vous avez des jambes superbes. Pourquoi ne pas les montrer ?

Elle pénétra dans la cabine et se retourna vers Lucca tandis que les portes se refermaient.

— Pourquoi aurais-je envie de les montrer ? Mes jambes sont à moi. Ce n'est pas parce que je suis une princesse que tout le monde doit savoir à quoi elles ressemblent. Je ne souhaite pas que les gens s'interrogent si j'ai ou non de la cellulite ou pas, ni si je suis plus grosse ou plus mince que ma sœur. Je ne vois pas non plus pourquoi ils auraient le droit de savoir à quoi je ressemble en maillot de bain ou quand je prends mon petit déjeuner ou quand je bois un café avec des amis.

Dans le silence qui suivit cette tirade, Lottie fixa ses chaussures, incapable d'affronter le regard de Lucca. Aussi loin que remontaient ses souvenirs, elle avait toujours été comparée à sa sœur.

Et jugée moins bien qu'elle.

Quand elle était adolescente c'était insupportable. Chaque séance photo était une torture. Les commentaires de la presse étaient parfois très blessants, surtout pour une jeune fille hypersensible qui n'avait pas encore l'habitude de ce genre de situation.

Depuis son retour de Suisse elle avait adopté un profil bas. Elle portait délibérément des tenues discrètes et parfois même peu seyantes. C'était sa façon de traiter par le mépris le milieu de la mode qui ne la trouvait ni assez jolie ni assez élégante.

Elle n'était pas une superbe blonde aux yeux bleus extravertie, capable de charmer une foule en un clin d'œil.

Elle était quelqu'un de timide qui aimait rester dans l'ombre et s'occuper de choses importantes sans en faire toute une histoire.

— Ça doit être dur de jouer systématiquement les seconds rôles.

Le regard de Lucca était toujours songeur, constata-t-elle en levant les yeux.

— Je n'aimerais pas avoir le premier rôle. Madeleine est ravie d'être appelée à devenir reine. Elle est très douée pour donner des ordres. Moi, pas du tout.

— Je n'en suis pas si sûr, commenta Lucca en esquissant un sourire. Jusque-là vous vous en êtes très bien sortie avec moi.

— C'est différent.

Lottie appuya sur le bouton de l'étage de la salle de bal.

— Vous n'avez pas plus envie de recevoir mes ordres que je n'ai envie de les donner.

Lucca s'adossa nonchalamment à la paroi de la cabine.

— J'ai compris votre stratégie, vous savez.

— Je ne vois pas du tout de quoi vous parlez.

Il émit un de ses rires francs qui la faisaient frissonner.

— Vous allez me traîner à des inspections ou à des réunions plus assommantes les unes que les autres dans l'espoir que je jette l'éponge. Mais ça ne marchera pas.

C'est ce que nous verrons, songea Lottie en appuyant de nouveau sur le bouton avec vigueur.

— Pourquoi cet ascenseur est-il aussi lent ?

Au même instant il y eut une légère secousse. Puis comme pour la narguer, la cabine s'immobilisa. Envahie par un grand froid, elle se mit à presser le bouton avec frénésie.

— Allez, remets-toi en marche, imbécile !

— On dirait que nous sommes bloqués.

Lucca ne semblait pas trop perturbé. En fait, son ton

était franchement amusé… Lottie eut l'impression de manquer d'air.

— Bloqués ? C'est impossible ! Nous ne pouvons pas être bloqués ! J'ai des choses à faire. Des gens à voir. Un mariage à organiser !

Il faut que je sorte d'ici avant que ma claustrophobie ne provoque une crise de panique !

Lucca s'écarta de la paroi et inspecta le panneau de commande.

— Nous sommes arrêtés entre deux étages.

Elle le foudroya du regard. La colère la distrairait peut-être de sa peur.

— Ça ne semble pas vous contrarier. Cet hôtel appartient à votre famille. Ça ne vous inquiète pas que les ascenseurs soient défectueux ? Ce n'est sûrement pas bon pour votre réputation.

— Tous les ascenseurs ne sont pas défectueux. Seulement celui-ci.

Lucca s'adossa de nouveau à la paroi.

— C'est l'ascenseur privé qui conduit à la suite du dernier étage. Et je pense que c'est vous qui l'avez déstabilisé en appuyant trop fort sur le bouton. La prochaine fois vous devriez essayer la douceur. Croyez-moi, vous obtiendrez de bien meilleurs résultats, assura-t-il en promenant sur elle un regard caressant.

Elle serra les dents.

— Merci pour ce cours sur la façon de s'y prendre avec les ascenseurs caractériels, mais vous ne pensez pas que vous feriez mieux d'appeler de l'aide ? Sinon, nous risquons de rester coincés là-dedans pendant des heures.

— Quelle perspective alléchante.

Les yeux bruns de Lucca pétillèrent de malice et un léger sourire étira ses lèvres.

— Comment pourrions-nous tuer le temps d'ici l'arrivée de l'aide ? Vous avez des suggestions ?

Un frisson courut le long de l'épine dorsale de Lottie, mais il n'avait rien à voir avec l'angoisse. Ces yeux étincelants et ce sourire mi-narquois, mi-charmeur étaient diaboliquement sexy… Cette bouche, en particulier, était fascinante. Les petites rides de rire au coin des lèvres ne faisaient qu'ajouter à son pouvoir de séduction. Etait-ce pour cela que les femmes lui tombaient dans les bras quand il leur adressait ce sourire voyou ? Il représentait la tentation et le plaisir défendu…

Lottie se retourna et donna des coups rageurs sur le bouton.

— Il faut que je sorte.

Tout de suite !

Lucca s'approcha d'elle et posa sa main sur la sienne. Ce simple contact l'électrisa et son cœur fit un bond dans sa poitrine.

— Ne le frappez pas aussi sauvagement, murmura-t-il.

Son souffle chaud effleura sa nuque, tandis qu'il prenait son index entre ses doigts.

— Pressez-le doucement, comme ça.

Elle sentait son corps derrière elle, comme s'il touchait le sien. Elle n'avait pas été aussi près d'un homme depuis… En fait, cela ne lui était jamais arrivé.

Son petit ami en Suisse était un adolescent.

Lucca Chatsfield était un homme. Un vrai.

Il émanait de lui une virilité à couper le souffle. Sous sa main puissante, elle avait l'impression que la sienne était minuscule et fragile. Et la chaleur qui se dégageait de son corps semblait l'envelopper tout entière, provoquant en elle un trouble dévastateur.

Allait-il la faire pivoter sur elle-même pour l'embrasser ? A cette pensée, elle sentit son cœur s'affoler. Devrait-elle l'arrêter ou le laisser faire ? Juste un baiser. Quel mal y aurait-il à cela ? Il y avait des années qu'elle n'avait pas été embrassée. Elle avait pratiquement oublié quel effet ça faisait. Son baiser serait-il vorace ou doux ? Ardent ou langoureux ? Sucré ou salé ? Chaud ou frais ?

Allons bon ! Il ne l'avait même pas encore touchée qu'elle sentait déjà la terre trembler sous ses pieds !

Mais non, c'était l'ascenseur qui s'était remis en marche...
Lucca s'écarta d'elle avec un sourire nonchalant, tandis que les portes s'ouvraient sur la salle de bal.
— Que vous ai-je dit, princesse ? La douceur, ça marche à tous les coups.

3.

Lottie sortit de l'ascenseur les joues en feu. Cet homme jouait avec elle comme un chat avec une souris. Il la ridiculisait, il se moquait d'elle pour passer le temps. Elle ne l'intéressait pas. Il voulait juste s'amuser un peu. Après tout, il était ici contre son gré. Quel meilleur moyen de se distraire que de séduire une femme ?

La délicatesse ? Ben voyons ! Il n'en avait aucune. Il était désinvolte. Impertinent.

Et terriblement attirant.

Elle voyait clair dans son jeu. Pour lui, elle représentait un défi. Eh bien, elle allait lui montrer qu'il y avait au moins une femme sur la planète que ses yeux chocolat, ses belles paroles et son corps d'athlète laissaient indifférente.

Il fallait qu'elle se débarrasse de lui avant qu'il parvienne à la faire craquer… et elle savait exactement comment s'y prendre.

Un sourire aux lèvres, elle avança vers la salle de bal d'un pas plus assuré.

La pièce était immense et décorée dans le style vénitien. Le plafond très haut, peint en gris pâle, était orné de moulures blanches incrustées d'or. Des arcades habillées de tentures de velours rouge longeaient trois murs, tandis que d'imposants lustres de cristal évoquant des grappes géantes de diamants faisaient miroiter le parquet ciré. C'était le décor idéal pour une réception de mariage.

— Pas mal, non ? commenta Lucca.

— Il faut des fleurs.

Lottie fit le tour de la salle pour examiner les corniches sur lesquelles elle prévoyait de poser des vases.

— Des tas de fleurs.

Lucca sortit son portable de sa poche pour consulter ses messages, provenant sans doute des innombrables abonnées à son compte Twitter.

— Les fleurs, ce n'est pas mon truc. Vous êtes forcément plus compétente que moi. Je vous laisse vous en occuper.

Lottie réprima un sourire. Pas question de lui dire qu'elle avait déjà réglé tous les détails de la décoration florale avec le fleuriste du palais…

— Non. J'ai besoin d'un avis masculin. Toute seule, je risque de faire des choix un peu trop « fille ». Il faut éviter de mettre mal à l'aise les invités hommes, vous ne croyez pas ?

Il roula les yeux.

— Bien entendu…

— Venez.

Elle pivota sur ses talons.

— Nous avons du travail.

— Où m'emmenez-vous ?

La contrariété était perceptible dans la voix de Lucca, constata-t-elle avec une intense satisfaction.

— Dans le parc du palais. Je veux cueillir une sélection de fleurs pour faire des essais et voir celles qui seront les plus appropriées.

Elle lui adressa un sourire mielleux par-dessus son épaule.

— Vous allez m'aider. Vous verrez ce sera très amusant.

Le parc du palais était spectaculaire, même pour quelqu'un qui était incapable de distinguer une rose d'un bouton-d'or, reconnut Lucca intérieurement. Sans compter que le début du mois de juin en Méditerranée était une période fabuleuse pour n'importe quel jardin. Les rosiers grimpants accrochés aux charmilles exhibaient des bouquets odorants aux couleurs vives. Les parterres regorgeaient de fleurs des champs désuètes tout aussi colorées. Pois de senteur entourés d'alysses et de lobélies, digitales pourprées majestueuses, pieds-d'alouette roses et bleus, œillets, campanules.

La princesse Charlotte allait d'un parterre à l'autre, se penchant de temps à autre pour couper la tige d'une fleur à l'aide d'un sécateur qu'elle avait emprunté à un jardinier. Elle posait chaque fleur avec précaution dans son panier et il mourait d'envie d'immortaliser cette vision sur la toile…

Le soleil de fin d'après-midi enveloppait sa peau d'albâtre d'un voile doré. Ses yeux étaient du même vert que la haie de buis près de laquelle elle cueillait une rose écarlate sur un rosier agrippé à un mur de pierre. Des boucles qui s'étaient échappées de son chignon voletaient autour de ses oreilles. Avec cette profusion de fleurs au premier plan et le palais ancien en arrière-plan, elle semblait sortie des pages d'un livre de contes de fées.

Lucca sortit son portable et sélectionna l'option appareil photo. Clic.

Elle se retourna vivement vers lui, le regard noir.

— Vous venez de me prendre en photo ?

— Oui. C'était magnifique. La lumière était fantastique.

Elle posa son panier sur le sol et s'avança vers lui, la main tendue.

— Donnez-moi votre téléphone.

Il leva la main pour mettre le téléphone hors de sa portée.

— Où est le problème ? C'est juste une photo.

— Vous n'aviez pas le droit de me photographier sans ma permission.

Elle sauta à plusieurs reprises pour tenter d'attraper le téléphone.

— Donnez-le moi !

— Hé ! Attention, mon cœur.

Il l'agrippa par le poignet pour l'empêcher de perdre l'équilibre sur les dalles inégales de l'allée.

— Vous allez finir par vous blesser à faire des bonds comme ça.

— Vous êtes odieux ! s'exclama-t-elle en tapant du pied comme une gamine de trois ans.

— Je sais, mais ça fait partie de mon charme irrésistible.

Il relâcha légèrement la pression sur son poignet.

— Maintenant soyez sage et je vais vous montrer comme la photo est belle.

Il afficha la photo puis se plaça à côté d'elle, épaule contre épaule.

— Vous voyez ?

Elle regarda la photo puis leva les yeux vers lui en plissant le front.

— Pourquoi l'avez-vous prise ?

Il remit le téléphone dans sa poche.

— Sans raison particulière.

— Je n'aime pas être prise en photo.

Elle jeta un regard noir aux doigts refermés sur son poignet.

— Et je n'aime pas être malmenée non plus.

Il porta lentement son poignet à ses lèvres et l'effleura d'un baiser en plongeant son regard dans le sien. A sa grande satisfaction, il vit ses pupilles se dilater. Puis un éclair de désir le transperça à la vue de sa langue rose tandis qu'elle s'humectait les lèvres. Lentement, il s'inclina vers elle. Lorsque sa bouche ne fut plus qu'à quelques millimètres de la sienne, il s'immobilisa pour lui laisser une chance de se dérober si elle le souhaitait. Il vit ses lèvres s'entrouvrir et sentit le parfum vanillé de son souffle.

Allez, petite princesse, tu sais que tu en as envie…

Un bruit de pas sur le gravier fit tressaillir Lottie. S'écartant vivement de Lucca, elle se retourna. Madeleine et son fiancé, Edward Trowbridge, venaient dans leur direction, bras dessus bras dessous. Si le couple d'amoureux avait vu quelque chose de fâcheux, ils n'en laissaient rien paraître. En fait, penchés l'un vers l'autre ils marchaient les yeux dans les yeux et semblaient seuls au monde.

Elle eut un pincement au cœur. Ce serait si merveilleux d'être elle aussi aimée et admirée… Personne ne pourrait l'imaginer, mais elle rêvait secrètement qu'un homme la regarde comme si elle était tout pour lui. Aurait-elle un jour ce bonheur ? Ou bien resterait-elle toute sa vie sur la touche ? Resterait-elle toujours celle qui faisait tapisserie ? La princesse pas assez belle, pas assez intelligente, que tout le monde tournait en ridicule ou prenait en pitié ?

Madeleine tourna la tête vers eux et sourit.

— Ah, monsieur Chatsfield, j'ai enfin l'occasion de vous rencontrer et de vous remercier personnellement d'être venu prêter main-forte à Lottie pour les préparatifs du mariage.

— C'est un grand plaisir pour moi, Votre Altesse, répliqua Lucca.

Charmeur et parfaitement à l'aise dans toutes les circonstances, songea Lottie avec agacement. Pas étonnant qu'il ait la réputation d'être irrésistible. Ce sourire pourrait faire fondre l'acier…

— Comment se comporte-t-elle ? demanda Madeleine, une fois les présentations terminées. Elle a parfois tendance à être têtue et à vouloir tout contrôler.

— La princesse Charlotte est merveilleuse à tous points de vue.

Lottie foudroya Lucca du regard.

— Oh ! vous n'êtes pas obligé d'être aussi formel, déclara Madeleine. La famille et les amis l'appellent Lottie. Je suis sûre que ça ne l'ennuiera pas, n'est-ce pas, Lottie ?

— Non, pas du tout, répondit Lottie avec un sourire forcé.

Une lueur malicieuse s'alluma dans les yeux chocolat.

— Votre sœur me demandait mon avis sur les fleurs à utiliser pour décorer la salle de bal.

— Vraiment ? dit Madeleine d'un air surpris. Mais je croyais…

— Il a un goût très sûr en matière de fleurs, coupa

Lottie. C'est très impressionnant. Il aurait dû être fleuriste. A mon avis, il a raté sa vocation.

Edward Trowbridge arqua les sourcils.

— Très… intéressant…

— Je pensais qu'elle vous aurait chargé d'organiser mon enterrement de vie de jeune fille.

Madeleine se tourna vers Lottie.

— Qu'est-ce que tu mijotes, Lottie ? Tu ne nous prépares pas une farce, j'espère ?

Lottie prit un air innocent.

— Tu sais bien que je ne suis pas comme ça.

— Je crains que Lottie n'apprécie pas de recevoir de l'aide à ce stade des préparatifs, déclara Madeleine à l'adresse de Lucca. Elle aime vraiment tout contrôler. Travailler en équipe lui fera beaucoup de bien. Je suis sûre que vous saurez lui apprendre à se laisser aller.

— Je fais tout mon possible, assura Lucca avec un de ses sourires charmeurs.

Madeleine et Edward prirent congé et s'éloignèrent en direction de la grotte située au bout du parc.

— Joli couple, commenta Lucca.

Lottie ramassa le panier de fleurs d'un geste brusque.

— Sachez que je vous aurais giflé si vous m'aviez embrassée, tout à l'heure.

— Qu'est-ce qui vous fait croire que j'allais vous embrasser ?

Elle s'immobilisa. Aurait-elle rêvé ? Ces dernières expériences sentimentales étaient-elles si éloignées qu'elle puisse se méprendre sur les intentions d'un homme ? En tout cas, de son côté, elle avait bien failli presser sa bouche sur la sienne. En sentant son souffle sur ses lèvres, elle avait été prise d'une irrésistible envie de l'embrasser.

— Ce… ce n'était pas votre intention ?

Il eut un large sourire.

— J'étais tenté, mais je ne voudrais pas manquer à l'étiquette du palais. Il y a sans doute des caméras vidéo derrière chacun des pétales de rose de ce parc.

— Je suis certaine que ce ne sont pas ces règles séculaires qui vous empêchent de faire ce que vous voulez.

Il lui prit le panier en s'arrangeant pour lui effleurer la main et elle fut parcourue d'un long frisson.

— Quelle est la peine encourue pour voler un baiser à une princesse ?

Prenant un air de défi, elle soutint son regard.

— Si vous essayiez, pour voir ?

Les yeux chocolat se posèrent sur ses lèvres puis revinrent vers ses yeux. Une fois. Deux fois. Comme s'il hésitait.

— Seriez-vous en train de flirter avec moi, petite princesse ?

— Bien sûr que non !

Avec un sourire suffisant, il effleura sa joue du bout des doigts.

— Vous mourez d'envie que je vous embrasse, avouez-le.

A son grand dam, elle sentit tout son visage s'enflammer. Pour tenter de donner le change, elle leva les yeux au ciel.

— Dites-moi… un ego aussi démesuré ça doit être un peu encombrant, non ?

Il pouffa.

— Vous êtes mignonne.

Ils reprirent leur chemin. Alors qu'ils passaient sous une charmille, des pétales de roses tombèrent en pluie autour d'eux comme des confettis.

— Dites-moi pourquoi ce mariage est aussi important pour vous.

— C'est le mariage de ma sœur. Comment pourrait-il ne pas être important ?

— C'est juste.

Ils continuèrent de marcher un instant en silence.

— Je veux qu'il soit exactement comme le souhaite Madeleine. Je veux que tout soit parfait pour elle.

— Il me semble que tout est déjà parfait pour elle.

— Oui, certaines personnes sont heureuses dans la vie et en amour.

— Et vous ? demanda-t-il en s'immobilisant pour la regarder. Avez-vous de la chance ?

— Je peux difficilement me plaindre.

Elle indiqua d'un geste le palais et le parc.

— Je ne me demande jamais si je vais avoir assez d'argent pour payer le loyer ou remplir le frigo. Je ne fais même pas la lessive ni la cuisine moi-même.

— Et l'amour ?

Elle lui lança un regard narquois avant de recommencer à marcher.

— Drôle de question venant de vous.

— Pourquoi ?

— Vous êtes un play-boy notoire.

— Et alors ?

Arquant les sourcils, elle s'immobilisa.

— Etes-vous en train de dire que vous avez déjà été amoureux ?

— Non.

— Qu'il est possible que vous tombiez amoureux un jour ?

— Non plus.

— Vous voulez dire que vous êtes incapable de tomber amoureux ? Complètement incapable ?

— Je croyais que nous parlions de vous.

— J'aimerais d'abord approfondir ce point. En quoi le fait d'aimer quelqu'un représente-t-il une telle menace pour vous ?

Le visage de Lucca se ferma.

— Je n'ai pas dit que ça représentait une menace. Je pense simplement qu'il est peu probable que ça m'arrive.

— Pourquoi ?

— Parce que je ne suis pas fait pour ça.

— Vous êtes humain, n'est-ce pas ? Or nous sommes tous faits pour ça.

— Quand avez-vous été amoureuse pour la dernière fois ?

Lottie réprima un soupir. Elle s'était fait piéger… Bien sûr, elle pourrait ne pas répondre. Mais sans doute insisterait-il jusqu'à ce qu'elle le fasse. Autant en finir le plus vite possible.

— Quand j'avais dix-huit ans. Mais ne dit-on pas que la première chute est la plus dure ?

— Peut-être, répliqua-t-il en haussant les épaules.

— Je ne pense pas que j'étais réellement amoureuse.

Elle recommença à marcher.

— Mais à l'époque je le croyais. Beaucoup de garçons s'intéressaient à moi, mais j'ai choisi celui que je pensais le plus sincère. J'ai ensuite découvert que ce n'était pas le bon choix. Mais pour vous ce sont juste des histoires d'adolescente pubère.

— Ça s'est mal terminé ?

— C'est le cas de toutes les ruptures, non ?

— Ça dépend.

— Comment vous y prenez-vous ? Comment enchaînez-vous les relations sans accumuler les dommages collatéraux ?

Lucca esquissa un sourire.

— Je n'aime pas blesser les gens inutilement. Je pense qu'il est important d'être honnête dès le départ. J'explique toujours ce que je suis capable de donner ou pas. De cette manière, personne ne se berce d'illusions. Aucun serment fait, aucun serment rompu. Pas d'engagement, c'est ma devise. Je n'offre même pas de bijoux en guise de consolation. C'est de l'argent gaspillé.

— Je suppose que ce charme irrésistible, pour lequel vous êtes réputé, se révèle très pratique pour vous dépêtrer de situations délicates.

— Je croyais que vous ne lisiez pas ce genre d'inepties ?

Sous le regard narquois de Lucca, Lottie détourna les yeux.

— Ne vous fatiguez pas à jouer de votre charme avec moi, ça ne marchera pas. Je suis immunisée.

Elle sentit son regard s'attarder sur elle. Sous ses dehors désinvoltes, il cachait sans nul doute un esprit pénétrant. Pas grand-chose ne devait lui échapper…

— Depuis combien de temps n'avez-vous pas eu d'amant ?

— Je ne répondrai pas à cette question.

— Vous venez de le faire, mon cœur.

Lottie continua d'avancer en s'efforçant d'ignorer la présence de Lucca à côté d'elle. Ce qui s'avéra impossible. Chaque fois qu'elle sentait sa manche de chemise effleurer son bras, son cœur se mettait à battre à tout rompre. A son grand dam, elle n'avait jamais eu une conscience aussi aiguë de son propre corps. Comment pouvait-elle être aussi troublée ?

Pauvre idiote !

Depuis toujours elle s'enorgueillissait de sa réserve. Si on l'appelait la Princesse de glace, ce n'était pas par hasard. Elle avait appris à masquer ses sentiments, à garder un visage impassible en toute circonstance, au risque de paraître plus guindée qu'elle ne l'était en réalité.

Malheureusement, il y avait chez ce séducteur invétéré quelque chose qui faisait vibrer chaque fibre de son être. Elle qui avait oublié depuis longtemps ce qu'était le désir, elle était en proie à un trouble irrépressible. Pourvu que ça ne se voie pas…

Elle darda sur Lucca un regard qu'elle espérait hautain.

— Ça ne me dérange pas que vous m'appeliez Lottie en privé, mais s'il vous plaît évitez les termes d'affection. Je n'ai pas de temps à perdre avec ce genre d'hypocrisies.

Renversant la tête en arrière, il partit d'un grand éclat de rire.

— Vous êtes vraiment mignonne. J'ai un peu l'impression d'avoir remonté le temps. D'être en compagnie d'un personnage de Jane Austen. Vous avez suivi des études de pudibonderie pour parler comme ça ?

Elle le foudroya du regard.

— Etes-vous vraiment obligé d'être aussi… exaspérant ?

— Ça fait partie du service, madame la princesse.

Les yeux pétillant de malice, il s'inclina devant elle. Elle esquissa un sourire malgré elle.

— Vous êtes sans aucun doute l'homme le plus immature et le plus superficiel que j'ai eu la malchance de rencontrer. Existe-t-il une seule chose que vous prenez au sérieux dans la vie ?

Il sauta sur place en donnant un coup de poing dans le vide.

— Oui ! J'ai réussi ! J'ai fait sourire la petite princesse ombrageuse.

Se tournant vers le palais, il mit ses mains en porte-voix.

— Hé, tout le monde…

— Arrêtez !

Elle lui saisit les poignets, mais il parvint à refermer les doigts autour des siens. Aussitôt, elle fut envahie par une vive chaleur. Les doigts de Lucca se resserrèrent imperceptiblement, comme s'il voulait prévenir toute tentative de fuite de sa part. Le cœur battant à tout rompre, elle se sentit rougir tandis qu'il franchissait la faible distance qui les séparait.

Les paupières mi-closes, il avait des yeux incroyablement provoquant. Des yeux qui disaient « je veux coucher avec vous. » Il s'inclina et sa bouche effleura furtivement la sienne. Les lèvres frémissantes, elle n'avait qu'une envie : qu'il prolonge son baiser. Mais à sa grande frustration, il s'écarta d'elle et lui sourit d'un air espiègle.

— Si je vous lâche, allez-vous me gifler ?

Elle releva le menton.

— Pourquoi n'essayez-vous pas, pour voir ?

Le regard chocolat se posa de nouveau sur sa bouche.

— Si je dois recevoir une gifle, autant que ça vaille la peine, vous ne croyez pas ?

Sans lui laisser le temps de répondre, il l'embrassa avec une fougue et une gourmandise qui la firent chavirer. Il explora sa bouche comme si c'était un mets délicat qu'il avait l'intention de savourer longuement. Il mordilla sa lèvre inférieure, puis traça le contour de la lèvre supérieure du bout de la langue, avant de s'emparer de nouveau de sa bouche dans un baiser avide. Pressée contre lui, elle sentait le sexe tendu de Lucca contre son ventre et le désir qui la consumait était si intense qu'elle en avait le vertige. Une chaleur liquide se répandait dans ses veines, tandis que les pointes durcies de ses seins, écrasées contre le torse puissant de Lucca, étaient délicieusement douloureuses. Comme mû par une volonté propre son bassin ondula contre celui de Lucca.

Ce dernier enfonça les doigts dans ses cheveux, qui ruisselaient à présent sur ses épaules. Quand et comment son chignon s'était-il défait ? Elle ne s'était rendu compte de rien... Refermant la main sur une poignée de cheveux, Lucca approfondit encore son baiser. Et elle y répondit avec une ardeur égale à la sienne en enfonçant à son tour les doigts dans ses cheveux. *Oui, j'ai envie de ça. J'ai envie de toi. J'ai envie d'être désirée.* C'était comme un mantra silencieux, qui se répétait encore et encore dans son esprit au rythme des battements frénétiques de son cœur.

Lucca s'arracha soudain à sa bouche et s'écarta d'elle, le regard étincelant.

— Allons ailleurs. Ton palais ou le mien ?

Ce fut comme si le voile de sensualité brûlante qu'il avait tissé autour d'elle venait brusquement de se déchirer. Qu'était-elle en train de faire ? Où était passé son sang-froid légendaire ? Un baiser et elle était à lui ?

Pas question.

Croyait-il vraiment qu'elle allait plonger la tête la première dans son lit, comme toutes les autres femmes qu'il avait charmées, pour être ensuite jetée comme un jouet usé ayant perdu tout son attrait ? Il était si sûr de lui. Si arrogant. Elle ne serait qu'un trophée de plus à ajouter à sa collection. Nul doute que pour un séducteur aussi superficiel, son titre de princesse avait un attrait particulier. Mais ça c'était une expérience qu'elle avait déjà vécue.

Et elle n'était pas idiote au point de vouloir la renouveler.

En revanche, il n'était pas interdit de s'amuser un peu. Ce serait tellement satisfaisant de marquer un point contre lui...

Lottie feignit la désinvolture et parvint même à adresser à Lucca un sourire aguichant.

— Chez toi. Dans une demi-heure ?
— Plutôt dans une heure.
Les yeux chocolat étincelèrent de nouveau.
— Je voudrais mettre une tenue plus confortable.

4.

Une heure plus tard, Lottie marchait sur la plus grande plage de l'île tout en se félicitant. Elle imaginait la scène comme si elle y était... Lucca Chatsfield en train de l'attendre dans sa suite avec une bouteille de champagne millésimé dans un seau. Le lit déjà ouvert et peut-être même parsemé de pétales de roses. Des bougies parfumées à la bergamote et au bois de santal allumées sur la table de chevet. Son corps mince et musclé drapé dans un peignoir de soie bleu Chatsfield avec un « C » doré brodé sur la poitrine.

Et les minutes qui passaient. Puis les heures. Sa frustration qui grandissait, son sens de l'humour qui l'abandonnait...

Un point pour toi, ma fille !

Elle marchait au milieu de la foule des baigneurs, qui ne la reconnaissaient pas. En pantalon de jogging, T-shirt et baskets, les cheveux enfouis sous une casquette de baseball, elle ressemblait à n'importe quelle fille pratiquant la marche le long du rivage. Elle aurait pu choisir une plage moins fréquentée, mais elle aimait se mêler aux gens, et avoir un aperçu de ce que serait sa vie si elle faisait partie du commun des mortels. Pas d'obligation d'être toujours impeccable. Pas de commentaires sur son expression ou sa tenue. Aucun risque qu'on recherche son amitié pour son appartenance à la famille royale et non pour elle-même.

Alors qu'elle longeait la zone du bar de la plage, elle aperçut un homme au corps mince et musclé nonchalamment allongé sur un transat. Beau comme un dieu grec, la peau enduite d'huile solaire, il évoquait une statue de bronze qui serait descendue de son socle pour s'échapper de la National Gallery. Son maillot de bain mettait en valeur des abdominaux au dessin parfait.

Près de son transat, un cocktail de couleur vive orné d'une petite ombrelle en papier était posé sur une table basse. De l'autre côté, une blonde sculpturale lui présentait un plateau d'amuse-gueules, penchée vers lui avec un sourire aguichant et des seins somptueux débordant du haut de son deux-pièces ridiculement petit.

Lottie secoua la tête, incrédule. C'était impossible ! Il l'attendait dans sa suite. Elle était en train de lui donner une leçon bien méritée. De porter un coup terrible à son ego démesuré. De…

Elle plissa les yeux. C'était peut-être son jumeau. Ils étaient absolument identiques. Peut-être qu'Orsino Chatsfield était venu à Preitalle et qu'il prenait le soleil sur la plage, servi par des blondes à forte poitrine. L'homme prit son portable et la fille manifesta son enthousiasme à l'idée d'être prise en photo.

Lottie serra les dents.

Ce n'était pas son jumeau.

Comme si Lucca avait senti son regard sur lui, il tourna la tête et lui adressa un sourire étincelant. Il eut même l'audace de lui faire signe de le rejoindre.

Il ne l'avait peut-être pas reconnue… Elle pivota sur elle-même et rebroussa chemin à grands pas. Il pensait peut-être qu'elle était juste une fille de plus sensible à son charme irrésistible. Personne ne l'avait jamais reconnue dans cette tenue. Pourquoi serait-il le seul ?

Accélérant peu à peu le pas, elle finit par courir à toutes jambes. Essoufflée, elle s'arrêta à hauteur du phare pour vérifier s'il l'avait suivie. Aucun signe de lui.

Sans doute était-il en train de prendre des photos de la blonde pour les afficher sur son compte Twitter. Cet homme était tout bonnement odieux.

*
* *

— Qu'as-tu prévu pour mon enterrement de vie de jeune fille ? demanda Madeleine, le lendemain matin au petit déjeuner.

— Ne t'inquiète pas. Je m'en occupe.

— Tu as consulté Lucca ? Je suis sûre qu'il peut te donner des idées amusantes pour que ce soit une soirée inoubliable.

Lottie lança un regard noir à sa sœur.

— En tant que demoiselle d'honneur, c'est à moi d'organiser l'enterrement de vie de jeune fille. Je n'ai pas besoin d'être conseillée par un play-boy sans scrupule, pour qui ce genre de soirée doit sûrement comprendre un stripteaseur surgissant d'un gâteau.

— Ce serait amusant, commenta Madeleine avec un large sourire en se servant un jus d'orange.

— Tu n'es pas sérieuse ! protesta Lottie en posant sa tasse d'un geste si vif qu'elle la fit tinter contre la soucoupe.

Sa sœur s'assit en face d'elle et prit son verre entre ses mains impeccablement manucurées.

— Tu es toujours si sérieuse, Lottie. Quel mal y aurait-il à s'amuser un peu, pour une fois ?

— Es-tu en train de me dire que tu veux un stripteaseur ?

— Non, je suppose que nous ne pouvons pas aller aussi loin, mais je ne veux pas non plus quelque chose de calme, genre thé mortellement ennuyeux avec canapés au concombre et scones. Je veux m'amuser. Je veux que cette soirée soit mémorable. Je ne me marierai qu'une fois, alors c'est ma dernière chance de m'éclater en tant que célibataire.

Lottie se mordilla la lèvre. Elle avait prévu un brunch… Avec peu de boissons alcoolisées. N'étant pas sûre de pouvoir contrôler un groupe de filles surexcitées, elle avait opté pour… quelque chose de calme.

Madeleine tendit la main vers un croissant au beurre, puis se ravisa en soupirant.

— Comment fais-tu pour rester aussi mince ? J'ai pris deux kilos depuis que je suis fiancée. A ce rythme, je vais avoir besoin d'un chausse-pied pour rentrer dans ma robe de mariée.

— Au moins tu as des seins, fit valoir Lottie avec un coup d'œil désespéré à sa petite poitrine.

— Il te faut un soutien-gorge pigeonnant. A propos de lingerie… tu veux bien choisir ma tenue de nuit de noces pour moi ?

Lottie arqua les sourcils.

— Pourquoi ? N'est-ce pas plutôt à toi de t'en charger personnellement ?

Madeleine eut un large sourire.

— J'ai pensé que ce serait bon pour toi de le faire. Avec de l'aide, bien sûr.

De l'aide ?

Lottie plissa les yeux.

— L'aide de qui ?

Madeleine tendit de nouveau la main et prit le croissant.

— J'ai demandé à Lucca de te conseiller. Il veut aller à Monte-Carlo mercredi pour une course personnelle. Je ne lui ai pas demandé de détails. J'ai eu l'impression qu'il n'avait pas envie d'en parler. Il est assez secret, tu ne trouves pas ?

Sans attendre de réponse, elle poursuivit.

— Je pense que tu devrais l'accompagner. Tu n'as pas quitté l'île depuis des siècles, et en sa compagnie tu n'auras pas besoin d'un garde du corps.

— Je n'irai nulle part avec lui !

Madeleine termina sa bouchée de croissant avant de demander ?

— Pourquoi donc ?

— Comment peux-tu me poser cette question ? Je le déteste ! C'est un séducteur impénitent.

— Et alors ? Tu as peur qu'il te fasse des avances ? Ce serait trop drôle !

Lottie releva le menton.

— Eh bien figure-toi qu'il m'en a fait.

Madeleine la regarda avec intérêt.

— Raconte.

— Il m'a embrassée.

— Et ?

— Il m'a invitée dans sa suite.

Les yeux ronds, Madeleine laissa tomber dans son assiette le morceau de croissant qu'elle tenait à la main.

— Qu'est-ce que tu as fait ?

— Je lui ai fixé un rendez-vous, puis je lui ai posé un lapin.

Madeleine se cala dans son siège avec un sourire songeur.

— Tiens, tiens…

— Ne te fais pas des idées. C'est le dernier homme au monde qui pourrait me plaire. Il n'a aucun sens moral. C'est un débauché. Il ne reste pas assez longtemps avec les femmes pour se souvenir de leur prénom. Tu aurais dû voir la fille qui le servait sur la plage. Elle minaudait comme si c'était un dieu du sexe. C'était à vomir.

Madeleine pouffa.

— Ecoute-toi ! Il n'y a rien de mal à avoir une petite aventure si on trouve quelqu'un à son goût. Il serait temps que tu t'y remettes. Lucca Chatsfield serait un fabuleux trophée à inscrire à ton tableau de chasse. Je parie qu'au lit il pourrait te montrer des trucs qui te feraient dresser les cheveux sur la tête.

Lottie la foudroya du regard.

— Cet homme est horripilant. Je ne comprends pas comment tu as pu accepter qu'il vienne ici se mêler de mon travail. C'était une idée ridicule. Il va tout gâcher. Je le sais.

Madeleine prit un autre croissant avec un sourire malicieux.

— Je crois que tu l'aimes bien.

Lottie se leva d'un bond.

— Je le déteste ! Je te jure que s'il était ici je le lui dirais en face.

— Patiente un peu, ma chérie. Tu pourras le lui dire au dîner.

— Au dîner ?

Le cœur de Lottie fit un bond dans sa poitrine.

— Ne me dis pas que tu l'as invité à dîner avec nous. Ça dépasse vraiment les bornes !

— Pas avec nous. Avec toi. En tête à tête.

— Quoi ?

— Tu pourras lui demander son avis pour l'enterrement de vie de jeune fille. J'ai organisé un dîner pour vous dans la Salle Verte.

Lottie resta un instant sans voix.

— Pourquoi fais-tu ça ? Tu es devenue folle ?

— Il aime s'amuser et il est plein d'entrain.

— C'est un séducteur éhonté et il est d'une arrogance insupportable !

— Je sais.

Madeleine eut un autre sourire malicieux.

— Tu ne trouves pas que ça le rend encore plus attirant ?

Un serviteur du palais conduisit Lucca jusqu'à une salle privée, située dans l'aile ouest du palais. Les différentes nuances de vert du décor étaient rehaussées de tentures dorées. Une petite table ancienne avait été dressée pour deux devant les grandes fenêtres qui donnaient sur le parc. Un bouquet de roses crème était posé sur un meuble marqueté de cuivre, et le parfum poivré des fleurs embaumait l'atmosphère. Au milieu de la pièce, deux canapés de brocart crème garnis de coussins jetés çà et là se faisaient face.

A proximité d'une bibliothèque vitrée en merisier adossée à un mur se trouvait un petit bureau, sur lequel était posée une lampe désuète qui répandait dans la pièce une lumière chaude. C'était une pièce douillette, qui évoqua à Lucca un salon de manoir anglais du même style que la propriété familiale, Chatsfield House, située dans le Buckinghamshire.

Et penser à la maison familiale, où il ne s'était jamais senti chez lui, le rendait toujours nerveux. Enfant, il avait passé trop d'années à rêver d'un foyer comme ceux de ses camarades d'école. Chatsfield House était l'un des plus beaux manoirs de la campagne anglaise, mais personne ne pourrait jamais le considérer comme un foyer. Il n'avait pas d'âme. Aucune chaleur. Quant à la famille… entre ses frères et sœurs qui avaient tous des problèmes personnels et un père qui cherchait refuge dans l'alcool, on pouvait difficilement parler d'une vie familiale heureuse.

Après avoir servi un verre à Lucca et l'avoir informé que la princesse ne tarderait pas à le rejoindre, le serviteur inclina la tête et quitta la pièce.

Lucca consulta son téléphone pour voir s'il avait reçu un appel d'Orsino. Ils n'avaient pas encore eu l'occasion de discuter de Giatrakos. Comment le Grec comptait-il mettre son frère au pas ? Il était curieux de le savoir… Seulement voilà, il était toujours très difficile de joindre son jumeau, étant donné qu'il passait son temps à escalader des montagnes ou à distribuer de la nourriture à des enfants souffrant de la famine dans les coins les plus reculés de la planète. Giatrakos avait-il réussi à prendre contact avec lui ?

Lucca composa le numéro d'Orsino. Pas de réponse, bien sûr… Il laissa un bref message sans donner beaucoup de détails sur sa propre situation.

Dix minutes plus tard, il avait arpenté la pièce tellement de fois qu'il avait l'impression d'être un fauve en cage. Etait-ce encore un jeu de Lottie ? Il n'aimait pas qu'on renverse les rôles. C'était lui qui jouait et qui gagnait. Si elle espérait le pousser à quitter l'île avant la date prévue, elle allait être très déçue. Personne ne parviendrait à le décourager. Personne.

Il entendit un bruit de pas et se retourna. Lottie était sur le seuil de la pièce, apparemment imperturbable. Sauf que son index gauche donnait des petits coups contre son pouce. Signe qu'elle n'était pas aussi calme qu'elle voulait le paraître… Elle était habillée en noir de la tête aux pieds, ce qui n'était pas très flatteur. D'autant plus qu'elle n'était pas maquillée du tout et ne portait aucun bijou. Quant à ses cheveux, ils étaient tirés en arrière dans un chignon encore plus strict qu'à l'accoutumée. Cependant, la lueur de défi brillant dans ses yeux émeraude semblait indiquer que, cette fois, elle avait délibérément choisi de s'enlaidir. Pour lui… Même ses chaussures étaient celles d'une grand-mère aux pieds sensibles.

— Qui est mort ?

— Pardon ?

Il indiqua sa tenue d'un geste de la main.

— Vous revenez d'un enterrement ?

Son petit menton volontaire se releva.

— J'aime porter du noir.

— Ça ne vous va pas du tout. J'ai envie de me précipiter à la banque du sang la plus proche pour vous commander une transfusion.

Elle avança dans la pièce d'une démarche assurée.

— Si un jour j'ai envie que vous me donniez des conseils en matière de mode, je vous le dirai.

— J'ai bien aimé ce pantalon de jogging que vous portiez sur la plage, hier. J'ai failli ne pas vous reconnaître.

Elle se tourna vers lui, les joues écarlates et les yeux — derrière ses lunettes à monture d'écaille — étincelant de rage.

— Votre cocktail était bon ?

— Excellent. Et la vue était fantastique.

— La plage ou le décolleté de la blonde ?

Il eut un sourire éclatant.

— A votre avis ?

Elle pinça les lèvres, comme si elle avait du mal à retenir une réplique grossière. D'un pas lent, elle se dirigea vers le meuble sur lequel étaient posées différentes boissons et se versa un verre d'eau. Sans doute davantage pour se donner une contenance que parce qu'elle avait soif. Comme pour confirmer ses soupçons, elle se retourna vers lui son verre à la main, mais ne but pas.

— Comment saviez-vous que je ne vous rejoindrais pas dans votre suite ? demanda-t-elle d'un ton crispé.

— Je savais que vous n'étiez pas prête.

— Pas prête ?

Les yeux émeraude lancèrent des éclairs.

— Vous pensez que je finirai de toute façon par sauter dans votre lit ? Que ce n'est qu'une question de temps ?

— Votre corps en a envie. C'est juste votre tête qui n'est pas encore tout à fait décidée.

Il but une gorgée de whisky avant d'ajouter :

— Mais ça viendra.

La jeune femme crispa les doigts sur son verre.

— Votre présomption est confondante. Je n'ai pas du tout l'intention de devenir une autre de vos conquêtes pathétiquement superficielles.

Lucca n'avait pas l'habitude que les femmes lui disent non. Cela lui était-il déjà arrivé ? Il n'en gardait aucun souvenir. Mais il était impossible de nier que la résistance de Lottie était un aphrodisiaque redoutable. Quelle ironie… Dans cette tenue de nonne, elle lui inspirait un désir plus intense que jamais. Cent fois plus aigu que si elle ne portait qu'un Bikini minuscule.

Pourquoi était-elle si déterminée à étouffer sa sensualité ? Il avait senti une telle ardeur dans son baiser… Mais pour une raison mystérieuse, elle refusait de donner libre cours à cette passion. Ça se voyait à la façon dont elle se tenait, à la raideur délibérée de tout son corps.

Mais elle n'embrassait pas comme une nonne. Loin de là. Il brûlait de sentir de nouveau sa bouche gourmande sur la sienne. Et aussi ailleurs… Lucca fut transpercé par une flèche de désir qui lui coupa le souffle.

Séduire les femmes était devenu un peu trop facile pour lui. Il n'avait pas besoin de faire beaucoup d'efforts pour obtenir ce qu'il voulait. Pour être très honnête, tout ça était devenu un peu trop routinier. Un sourire, quelques paroles enjôleuses, un verre et/ou un dîner, et puis au lit. Jusque-là ç'avait toujours marché. Comme hier sur la plage. Même s'il avait décliné l'invitation de la fille à la retrouver après son service.

Elle était belle, certes. Mais elle avait été loin de lui faire le même effet que Lottie. Même le dédain qui se lisait dans le regard émeraude fixé sur lui l'excitait… Elle le détestait de toute son âme, mais le courant qui passait entre eux était impossible à ignorer.

— Je parie qu'il ne me faudrait pas longtemps pour vous faire changer d'avis, déclara-t-il avec un sourire charmeur, avant de boire une autre gorgée de whisky.

Le menton levé, elle le toisa avec morgue.

— N'y a-t-il donc pas de limites à votre insolence ? Je vous rappelle que nous sommes ici pour discuter de l'enterrement de vie de jeune fille de ma sœur.

— Très bien. Je vous écoute. Qu'envisagez-vous ?

Il leva la main.

— Non, laissez-moi deviner. Canapés au concombre, scones et Earl Grey dans le jardin d'hiver. C'est ça ?

S'exhortant visiblement au calme, elle prit une profonde inspiration.

— Pas du tout. J'avais pensé à un brunch.

— Rien à voir, en effet, ironisa-t-il.

— Que suggérez-vous ? Quelque chose de très mauvais goût, je suppose ?

— Y a-t-il un cachot dans ce vieux château plein de courants d'air ?

5.

Lottie fut envahie par un grand froid.

— Oui, mais je ne vois pas ce que…

— Parfait. Quel meilleur endroit pour une bande de filles qui veulent faire la fête ?

— Vous êtes fou ? s'exclama-t-elle, horrifiée. Un cachot ? Pour un enterrement de vie de jeune fille ?

— Essayez d'imaginer la chose. Nous pourrions le transformer en boîte de nuit pour la soirée. Engager un DJ, dire aux filles de se déguiser et…

Lottie se boucha les oreilles.

— Je ne veux pas entendre ça !

— Allons, où est votre sens de la fête ? Ce serait très amusant pour elles. Les serveurs pourraient être vêtus de cuir noir.

Elle baissa les mains et crispa les poings.

— Qu'est-ce qui ne va pas chez vous ? Bientôt, vous allez suggérer qu'ils soient équipés de fouets et de menottes et qu'ils ligotent toutes les invitées.

— Génial !

Les yeux de Lucca pétillèrent de malice.

— Je savais que vous seriez partante. Votre sœur et ses amies vont s'éclater. Ce sera une soirée inoubliable.

Elle darda sur lui un regard méprisant.

— Soirée X dans le cachot ? Oui, c'est vraiment la grande classe.

— Je vous verrais bien en combinaison moulante et

cuissardes de cuir noir. Avec un masque qui ne dévoilerait que vos yeux sublimes et votre petite bouche sexy.

Elle réprima un long frisson sous le regard brûlant qu'il promena sur elle, comme s'il l'imaginait déjà entièrement gainée de cuir.

— Vous ne me verrez pas. C'est une soirée réservée aux filles.

— Allez, ne soyez pas rabat-joie.

Il eut un sourire enjôleur.

— Je ne pourrai pas vous voir en privé avant que la fête commence ?

Au grand soulagement de Lottie, le bruit caractéristique d'un chariot annonça l'arrivée du dîner. Sauf qu'elle n'avait pas faim du tout… Elle était beaucoup trop troublée pour ça. Un désir brûlant la faisait vibrer tout entière.

Dans le silence de la pièce flottait comme une promesse de plaisir.

Si seulement il ne l'avait pas embrassée !

Elle ne serait pas en proie à une telle frustration. Jamais elle n'oublierait les sensations inouïes que ce baiser avait déclenchées en elle, après des années de chasteté.

Cette lueur diabolique dans les yeux de Lucca Chatsfield avait envoûté des dizaines de femmes. Elle allait devoir faire appel à toute sa volonté pour ne pas devenir l'une d'elles. Il était tellement doué pour la séduction. Même sa façon de parler était comme une caresse… Cette voix profonde, cet accent anglais aristocratique teinté par moments de notes italiennes. La désinvolture avec laquelle il glissait des termes d'affection dans la conversation. Tout cela était incroyablement sexy. Sans parler de son sourire charmeur…

Lottie s'assit sur la chaise que lui avançait Lucca en faisant des efforts désespérés pour ne pas trahir son émoi.

Bien sûr, elle savait se tenir à table, ne pas renverser son verre de vin ni laisser des silences embarrassés s'installer au cours d'un dîner avec des invités. Mais être assise en face de Lucca Chatsfield était une expérience extrêmement déstabilisante. Leurs genoux se touchaient presque sous la table. Elle avait eu beau reculer discrètement son siège, elle avait une conscience aiguë des longues jambes musclées qui se trouvaient à quelques centimètres des siennes.

Elle prit son verre, qui contenait la dose infime de vin qu'elle ne dépassait jamais.

— Que faites-vous pendant vos loisirs, à part la fête ?

— Pas grand-chose.

Elle scruta son visage tandis qu'il buvait une gorgée de vin.

— Vous ne vous ennuyez jamais à ne rien faire d'autre que dépenser l'argent de votre famille ?

— Cet argent est aussi le mien. Je n'y suis pour rien si je suis né riche. Je prends ce que m'offre la vie et j'en profite au maximum.

— Vous n'avez pas envie de faire quelque chose de votre vie ? Quelque chose qui lui donne un sens ?

Il eut un de ses sourires désinvoltes.

— Quoi par exemple ?

— Des études. Pour avoir une formation et travailler. Je suis sûre que vous êtes intelligent. Ou bien du bénévolat ? Vous pourriez fonder une association caritative, comme votre frère.

Il haussa les épaules.

— J'ai tenté les études, mais j'ai été renvoyé de Cambridge pendant le deuxième semestre. Je ne vous dirai pas pourquoi. Ça vous ferait rougir.

Malgré elle, l'imagination de Lottie se déchaîna aussitôt et elle devint écarlate quand même. Mieux valait ignorer quel genre d'exploit lui avait valu d'être renvoyé d'une des universités les plus prestigieuses d'Angleterre. Mais sa vie sexuelle débridée y était sûrement pour quelque chose.

— Etes-vous doué pour quelque chose ? A part séduire les femmes, je veux dire.

Il détourna le regard et fit tournoyer le vin dans son verre.

— J'ai quelques hobbies. Rien de très sérieux ni de très fatigant. Je n'ai pas hérité du gène de l'ambition, courant dans ma famille. Et vous ? demanda-t-il en posant son verre. Que faites-vous à part fracasser des bouteilles de champagne contre des bateaux ?

— Je fais des tas de choses dans les coulisses. Je n'aime pas être sous le feu des projecteurs, alors je laisse Madeleine occuper le devant de la scène. Je gère le calendrier du palais. J'organise les dîners officiels lors des visites de monarques ou de dirigeants étrangers. Et aussi des garden-parties, des visites guidées du palais, ce genre de choses.

— Des trucs ennuyeux, quoi.

Lottie s'exhorta au calme.

— Ça peut paraître horriblement ennuyeux à quelqu'un comme vous, mais il se trouve que ça m'apporte une immense satisfaction.

Lucca esquissa un sourire moqueur.

— Ça doit être exaltant de veiller à ce que ce genre de réjouissances se déroule sans le moindre incident, dans le respect le plus strict du protocole. Jour après jour. Année après année.

— J'aime l'ordre. Est-ce un crime ?

— On ne peut pas tout contrôler dans la vie. Il faut laisser un peu de place à l'imprévu. Il n'y a rien d'amusant à se réveiller chaque matin avec en perspective le même train-train que la veille et le lendemain.

— Je suis certaine que dans votre vie aucun jour ne ressemble à la veille. Se réveiller chaque matin avec une femme différente en est la garantie.

— Ah, mais c'est là où vous vous méprenez sur moi.

— Vraiment ?

— Oui. Je ne passe jamais la nuit entière avec quelqu'un.

Lottie pinça les lèvres. Devait-elle être surprise ou dégoûtée ?

— Pourquoi ?

— A quoi bon ? Une fois l'acte sexuel terminé, il est temps de se dire au revoir. J'ai besoin de dormir.

— Pas de câlins post-coïtaux ni de confidences sur l'oreiller jusqu'à l'aube ?

Lucca éclata de rire.

— Non. Ce n'est pas mon truc, j'en ai peur.

— Formulation intéressante.

Il se crispa imperceptiblement.

— De quelle formulation parlez-vous ?

— « J'en ai peur. »

— De quoi aurais-je peur ?

— De l'intimité.

— Pas du tout. J'aime le sexe.

— Je ne parle pas de sexe, mais de nouer des relations étroites avec quelqu'un.

— On peut difficilement trouver des relations plus étroites que les relations sexuelles. A moins que vous n'en ayez pas eu depuis si longtemps que vous avez oublié comment ça se passe ? Vous voulez que je vous donne un cours de remise à niveau ? Je serais ravi de vous rendre ce service. Je suis même prêt à le faire à domicile.

Lottie foudroya Lucca du regard.

— Vous pensez vraiment que je m'abaisserais à avoir une aventure avec vous ?

— Holà, mon cœur, je n'ai pas parlé d'une aventure.

Il lui adressa un clin d'œil malicieux.

— Juste d'une nuit de sexe débridé.

Elle arqua un sourcil narquois.

— Une nuit entière ?

— Une demie. Marché conclu ?

— Je plaisantais, répliqua-t-elle, furieuse d'être troublée.

— Ben voyons…

— Je plaisantais !

Avant qu'elle ait le temps de réagir, il prit sa main sur la table. La retournant, il traça du bout des doigts un cercle sur sa paume tout en la regardant dans les yeux.

— Vous croyez qu'en cachant vos atouts sous ce sac noir que vous portez en guise de robe, vous allez m'empêcher de vous désirer ?

Elle retint son souffle. Le contact des doigts fins de Lucca sur sa peau était électrisant. Et son regard brûlant n'arrangeait pas les choses… Pourquoi avait-elle un corps aussi traître ? Un corps qui vibrait tout entier. Qui se consumait de désir…

Elle dégagea sa main d'un mouvement brusque.

— Je suis navrée de décevoir votre ego démesuré, monsieur Chatsfield, mais vous ne parviendrez pas à me séduire.

— Vous avez tellement envie de moi que je le sens d'ici.

Hérissée par le sourire suprêmement confiant de Lucca, elle émit un rire méprisant.

— Vous prenez la répugnance pour du désir. Je vous ai en horreur. Vous êtes l'exact opposé du genre d'homme avec qui j'accepterais de coucher.

— Décrivez-le moi.

— Qui donc ?

— L'homme de vos rêves. Celui pour lequel vous baisseriez votre culotte de grand-mère.

Sa culotte de grand-mère ? Croyait-il vraiment que… ? Elle avait peut-être tendance à s'habiller de manière très classique, mais en ce qui concernait la lingerie c'était différent. Ses dessous c'était son petit plaisir personnel. Et ils n'avaient rien à voir avec ceux que pourrait porter une grand-mère.

— Pourquoi vous décrirais-je cet homme ?

Lucca haussa les épaules.

— Je pourrais vous aider à trouver un candidat qui vous conviendrait.

Elle eut un mouvement de recul.

— Vous voulez dire jouer les entremetteurs ? Arranger un rendez-vous ?

— Je connais beaucoup de monde. J'ai des relations. Je suis sûr que je pourrais trouver quelqu'un répondant à vos exigences.

— Ne prenez surtout pas cette peine. Je suis parfaitement capable de me débrouiller seule, merci beaucoup.

— Jusqu'ici vous ne semblez pas avoir eu beaucoup de chance. Votre sœur m'a dit que vous n'avez pas eu d'amant depuis…

Lottie se leva si brusquement que les verres, les assiettes et les couverts s'entrechoquèrent.

— Ma sœur n'a pas le droit de vous parler de moi. Vous me prenez sans doute pour une fille coincée qui rêve secrètement d'ébats torrides, mais vous vous trompez. Je suis très satisfaite de ma vie.

Elle jeta sa serviette sur la table.

— Bon appétit. Et j'espère que vous aurez une indigestion qui vous tiendra éveillé toute la nuit.

— Vous n'allez pas me montrer le cachot ?

— Demandez à un domestique.

— Vous avez peur de rester seule avec moi, petite princesse ?

Elle le toisa avec mépris.

— Vous ne me faites pas peur. Vous me dégoûtez.

Il leva son verre en riant.

— A ma propension à exaspérer tout le monde.

Il finit son vin d'un trait puis sourit à son verre vide.

— Mon passe-temps favori… en dehors du sexe, bien sûr.

Elle le considéra avec incrédulité. Il ne pouvait pas se moquer à ce point de l'opinion des autres. C'était impossible. Tout au fond de lui, il devait avoir envie d'être apprécié. Comment pouvait-il mener une vie aussi vide, aussi dénuée de sens ? Ne vivait-il vraiment que pour le sexe ? Il devait bien avoir d'autres aspirations. Le sexe c'était très plaisant, bien sûr, mais ça ne suffisait pas à remplir une vie. Ça ne comblait pas le besoin le plus fondamental. Celui d'être aimé et estimé.

Cet homme la dégoûtait et la fascinait à la fois. Il était tout ce qu'elle détestait le plus chez un homme. Irresponsable. Dépravé. Esclave de ses sens. Incontrôlable. Dangereux…

Mais d'un autre côté, il la faisait rire. Il lui donnait le sentiment d'être féminine et désirable. Il la faisait vibrer.

Elle redressa les épaules.

— Je vais vous montrer le cachot, ne serait-ce que pour vous prouver à quel point c'est un endroit inapproprié pour une fête.

— Me tiendrez-vous la main si j'ai peur dans le noir ?

Elle leva les yeux au ciel. Lui arrivait-il d'avoir peur ? Elle en doutait. Il prenait la vie avec une telle désinvolture, une telle insouciance... Ce qu'elle lui enviait, pour être très honnête. La seule fois où elle s'était laissée aller, ça s'était retourné contre elle. Lucca se laissait aller en permanence sans paraître se soucier des conséquences. Il prenait de toute évidence un immense plaisir à faire scandale.

— Ne vous inquiétez pas. Il y a l'électricité. Nous l'avons fait installer il y a dix ans.

Il lui adressa son sourire charmeur.

— Et s'il y a une panne ? demanda-t-il en effleurant sa joue d'un doigt nonchalant pour la faire rougir.

Elle écarta sa main d'un geste vif, mais elle sentait encore le contact de sa peau contre la sienne lorsqu'ils prirent l'ascenseur de service qui conduisait au cachot.

La porte de ce dernier était fermée, mais elle savait où était cachée la clé. Elle la prit et la tendit à Lucca.

— A vous l'honneur. La porte est un peu lourde pour moi.

Il la regarda d'un air soupçonneux.

— Vous n'avez pas de mauvaises pensées, j'espère, *tesore mio* ?

A sa grande irritation, elle sentit ses joues s'enflammer de nouveau.

— Quelles mauvaises pensées pourrais-je avoir ?

A part l'envie d'être nue dans vos bras et de crier de plaisir ?

— Ça ne me dérange pas qu'on m'attache, ni qu'on me bande les yeux ni même qu'on me fouette à l'occasion. Mais je refuse d'être enfermé tout seul dans un cachot. Qu'est-ce que ça aurait d'amusant ?

— Vous avez l'imagination trop fertile.

— Vous aussi.

Lottie croisa les bras en réprimant un frisson. En

dehors du danger qu'il y avait à se trouver seule avec Lucca Chatsfield, elle n'était pas rassurée du tout dans ce couloir obscur. Il y avait des années qu'elle n'était pas descendue là. Dix ans très exactement. Pour s'amuser, Madeleine l'avait enfermée dans le cachot quand elle avait treize ans. Elle avait eu une peur épouvantable et elle était devenue claustrophobe.

— Allez-vous ouvrir cette porte ou bien rester ici à discuter toute la nuit ?

Lucca pouffa. Lorsqu'il ouvrit la porte, les gonds grincèrent et Lottie réprima un nouveau frisson.

— Ces gonds auraient besoin d'une bonne giclée d'huile, commenta-t-il. Vous devriez demander à un domestique de s'en occuper.

Tenant la porte, il l'invita d'un geste à entrer dans le cachot.

— Après vous.

— Non, vous d'abord.

— Vous croyez vraiment que je vais me faire avoir ? Pas question, petite. Vous d'abord. Que je puisse vous garder à l'œil.

Elle passa devant lui en se raidissant. L'air humide et frais s'enroula autour de ses chevilles, lui évoquant les fers fixés aux murs de pierre. Dix ans plus tôt, au cours de la demi-heure terrifiante pendant laquelle elle était restée enfermée, elle avait eu l'impression d'entendre derrière ces murs des gémissements venus d'un autre âge. Se frottant les bras, elle se retourna vers Lucca.

— Comme vous voyez, ce n'est pas du tout un lieu approprié pour un enterrement de vie de jeune fille.

— Je ne suis pas de cet avis et votre sœur non plus.

— Vous lui en avez déjà parlé ?

— Bien sûr. Elle a trouvé que c'était une idée fantastique.

Bien sûr, songea Lottie avec ressentiment. Sa sœur la considérait comme une poule mouillée et prenait un malin plaisir à la pousser hors de sa zone de confort. N'était-ce pas pour mettre un peu de piment dans sa vie, qu'elle jugeait trop morne, qu'elle avait fait appel à Lucca pour la seconder ?

— Oui, eh bien ma sœur et moi nous n'avons pas les mêmes goûts en matière de divertissement.

— Ni en matière d'hommes.

— Je ne vous ai pas dit quel était mon genre d'homme.

— Non, mais je peux le deviner.

— Je vais vous épargner cet effort. Intelligent, travailleur et digne de confiance.

Lucca se frotta le menton d'un air songeur.

— Et le sens de l'humour ? N'est-ce pas ce que les femmes trouvent le plus séduisant chez un homme ?

— Je préfère la loyauté à l'humour.

— Quand avez-vous ri pour la dernière fois ?

— Je ne tiens pas un registre.

— Selon les experts médicaux, il faut rire tous les jours.

Il plongea son regard dans celui de Lottie.

— Le rire est comme le sexe. Il libère des hormones euphorisantes.

Comment avait-il fait pour se rapprocher d'elle à ce point sans qu'elle s'en aperçoive ? se demanda-t-elle en sentant la chaleur de son corps. Son cœur s'affola tandis qu'il traçait le contour de sa mâchoire du bout du doigt.

— Que… que faites-vous ?

— J'essaie de vous faire oublier que vous détestez être ici.

— Qu'est-ce qui vous fait penser que je n'aime pas être ici ? demanda-t-elle d'un ton qu'elle aurait voulu plus léger.

Il effleura ses lèvres.

— Vous êtes tendue à l'extrême.

— Peut-être que je n'aime pas être ici avec vous.

Une lueur malicieuse s'alluma dans les yeux chocolat.

— Si c'était le cas, vous vous seriez déjà écartée de moi.

Lottie recula si vivement qu'elle trébucha sur le sol inégal. L'agrippant par le poignet, Lucca la retint de justesse.

— Lâchez-moi tout de suite, intima-t-elle, le cœur battant à tout rompre.

Il desserra lentement les doigts.

— N’oubliez pas notre rendez-vous, demain.

— Notre rendez-vous ? Je n’ai pas…

— Nous devons choisir la tenue de nuit de noces de votre sœur. L’endroit idéal se trouve à Monte-Carlo. Je connais quelqu’un qui a une boutique de lingerie fine.

Quelqu’un ? Une ex-maîtresse ? Vu la vie qu’il menait, c’était fort probable.

— Pourquoi voulez-vous aller à Monte-Carlo ? Nous avons des boutiques très bien ici aussi. Ou nous pourrions faire nos achats en ligne.

— J’ai quelque chose à faire là-bas.

— Quoi donc ?

— C’est un secret.

— Un rendez-vous galant ?

— On peut appeler ça comme ça.

Crispant les poings, elle s’efforça de contenir sa colère. Ne comprenait-il pas quel effet désastreux pouvait avoir sa conduite ? Il prenait sa mission à la légère, mais c’était sa réputation à elle qui était en jeu !

— Vous êtes censé m’aider à organiser le mariage. Que vont dire votre père et son directeur général s’ils découvrent qu’au lieu de ça vous êtes parti vous amuser sur le continent ?

— Ils ne diront rien pour la bonne raison que vous venez avec moi.

Elle écarquilla les yeux.

— Quoi ? Vous accompagner à un rendez-vous avec une bimbo aux seins comme des ballons ? C’est hors de question.

— C’est déjà prévu. L’assistante de votre sœur m’a envoyé tous les renseignements par e-mail. Nous partons demain matin en hélicoptère et nous passerons la nuit au Chatsfield de Monte-Carlo. Ça va être le pied.

En hélicoptère ? Au secours ! La dernière fois qu’elle était montée dans un de ces engins, elle avait été horriblement malade et les paparazzi qui attendaient à l’héliport lui avaient fait la photo la moins flatteuse de toute sa vie.

Mais prendre l'hélicoptère avec Lucca Chatsfield était une chose. Loger avec lui en était une autre.

— Je ne logerai pas avec vous !

— Chambres séparées, bien entendu, précisa-t-il avec un sourire moqueur. Je serai votre garde du corps. Vous m'estimez capable de vous protéger ?

Pourquoi, mais pourquoi Madeleine encourageait-elle cette comédie ?

C'était contre lui qu'elle aurait besoin d'être protégée !

Et mieux valait ne pas imaginer la torture que ce serait d'entendre dans la pièce voisine ses ébats volcaniques avec une starlette écervelée…

6.

Lottie avait grandi dans le luxe. Elle avait l'habitude des hélicoptères, des jets privés et des palaces. Malgré tout, le Chatsfield de Monte-Carlo était l'un des hôtels les plus grandioses qu'elle avait jamais vus. Le décor somptueux donnait l'impression d'avoir remonté le temps jusqu'à une époque révolue où le faste était omniprésent.

De magnifiques lustres de cristal pendaient du plafond tels d'énormes grappes de diamants. Les canapés et les fauteuils en velours bleu du salon d'accueil reposaient sur d'épais tapis persans qui réchauffaient le sol de marbre. De gros bouquets aussi colorés qu'odorants étaient disséminés un peu partout dans le hall, ajoutant à l'atmosphère une note joyeuse et parfumée. L'élégance des uniformes et le professionnalisme du personnel, contribuaient à faire de l'établissement un lieu d'exception.

A tel point que Lottie regretta son choix de tenue.

Par esprit de rébellion, elle avait mis son plus vieux jean, un T-shirt de coton blanc d'une banalité affligeante et des ballerines noires usées qui la faisaient paraître minuscule à côté du chauffeur de la limousine. Sans parler de Lucca, qui la dépassait de plusieurs têtes. Elle avait ses lunettes à monture d'écaille, et ses cheveux étaient attachés sur sa nuque par un nœud si serré qu'il avait déclenché une migraine… Dieu merci, ils n'avaient pas traversé de zones de turbulences pendant le vol. Mais ça ne l'avait pas empêchée de se ronger les ongles jusqu'au sang. Heureusement, Lucca n'avait rien remarqué.

Autour d'eux, il y avait des gens élégants partout. Hommes et femmes, jeunes et vieux, qui s'habillaient chez les créateurs. Lottie eut un pincement au cœur. Elle avait l'impression très désagréable d'être un papillon de nuit perdu parmi des papillons exotiques…

Une fois leurs bagages pris en charge, Lucca lui jeta un coup d'œil.

— Ça va ?

Elle eut un sourire crispé.

— Migraine.

— Vous auriez dû le dire plutôt.

Il lui toucha le front comme un parent vérifiant si un enfant avait de la fièvre.

— J'aurais dû me douter que quelque chose n'allait pas. Vous n'étiez pas aussi agressive que d'habitude. Vous avez à peine prononcé un mot.

— Je ne suis pas fan des hélicoptères, avoua-t-elle à contrecœur.

Au lieu de se moquer d'elle comme elle s'y attendait, Lucca plissa le front d'un air inquiet.

— Pourquoi ne l'avez-vous pas dit ? Nous aurions pu prendre le ferry ou louer un catamaran.

Elle haussa les épaules.

— Je n'aime pas les endroits clos. Ça me rend malade.

— Venez, dit-il en lui prenant le bras pour l'entraîner vers l'ascenseur. Vous allez vous allonger jusqu'à ce que ça aille mieux.

— Lucca Chatsfield ?

Des talons aiguilles résonnèrent sur le sol de marbre.

— Lucca ou Orsino ? Non, c'est Lucca, n'est-ce pas ? Puis-je m'entretenir quelques instants avec vous ?

Lottie roula mentalement les yeux. C'était parti… Sans doute la première d'une longue suite de bimbos qui voulaient s'enfouir sous les couvertures avec lui. Elle se retourna et vit une femme d'environ trente-cinq ans armée d'un téléobjectif et d'un téléphone portable. Celle-ci la regarda puis écarquilla les yeux en s'apercevant que Lucca la tenait par le bras.

— Princesse Charlotte ? Je veux dire Votre Altesse Royale. Vous êtes ici avec Lucca Chatsfield ?

Son ton incrédule hérissa Lottie. Etait-il donc impensable qu'un homme — même un séducteur dénué de principes comme Lucca Chatsfield — s'intéresse à elle ? Elle tenta de dégager son bras, mais il le maintint fermement en place.

— Non, je suis…

— Nous sommes ici en mission officielle, coupa Lucca d'une voix suave. La princesse Charlotte est souffrante. Je l'emmène se reposer.

La journaliste eut un sourire signifiant clairement « Je viens de décrocher le scoop de ma vie ».

— Je suis sûre qu'elle en sera ravie.

Dès que les portes de l'ascenseur se furent refermées sur eux, Lottie libéra son bras d'un geste vif.

— Vous êtes devenu fou ? A quoi jouez-vous ? Elle va raconter à tout le monde que nous sommes ensemble !

— Et alors ?

— Et alors ? Vous n'avez jamais de relation durable. Vous vous souvenez ? Vous couchez avec les femmes, puis vous les laissez tomber avant même qu'elles se soient rhabillées.

Lucca se frotta la mâchoire.

— Mmm, vous avez sans doute raison. Ça risque de nuire à ma réputation.

Lottie faillit s'étrangler d'indignation.

— Votre réputation ? Et la mienne ? Demain matin on pourra lire dans tous les journaux que vous m'avez emmenée dans votre suite, comme n'importe quelle petite idiote impatiente de sauter dans votre lit.

Il considéra son jean et son T-shirt en fronçant le nez comme si elle était vêtue d'un sac-poubelle.

— Non, personne ne le croira.

— Pardon ? Je suppose que mes seins ne sont pas assez gros.

Le regard de Lucca s'attarda un instant sur ses seins, comme une caresse.

— Vos seins sont très bien.

— Alors c'est parce que j'ai un cerveau en état de marche ?

— Au contraire. Je trouve votre intelligence très excitante.

Lucca posa sur ses lèvres un regard étincelant.

— Presque autant que votre bouche…

Lottie sentit ses joues s'enflammer tandis qu'une chaleur intense l'envahissait tout entière. Elle avait de nombreuses raisons — des milliers de raisons — de garder ses distances avec Lucca Chatsfield. Malheureusement, son corps ne lui obéissait plus. Il échappait à tout contrôle.

Lucca se rapprocha d'elle et effleura sa joue.

— Vous êtes vraiment brûlante, n'est-ce pas ?

Le cœur battant à tout rompre, elle n'osait pas croiser son regard et fixait un bouton de sa chemise. Il faudrait qu'elle s'écarte de lui… Pourquoi ne s'écartait-elle pas de lui ? C'était comme si elle avait les pieds cloués au sol.

— J'ai peut-être attrapé quelque chose.

— J'espère que ce n'est pas contagieux.

— Je suis sûre que vous êtes beaucoup plus résistant que moi.

Il pouffa. Au même instant les portes s'ouvrirent et il s'écarta d'elle.

— Nous sommes arrivés.

Elle sortit de la cabine et s'immobilisa.

— Je croyais que vous aviez dit des chambres séparées.

— Il y a deux suites adjacentes. C'est le cas au dernier étage de tous les hôtels Chatsfield.

— Les portes sont munies de serrures ?

Lucca eut un sourire malicieux.

— Vous avez peur d'être tentée de vous inviter à une de mes orgies ?

Elle darda sur lui un regard glacial.

— J'espère qu'il y a des boules Quies géantes dans ma suite.

— Je ne ronfle pas si c'est ça qui vous inquiète.

— Vous ne dormez sans doute pas assez longtemps entre deux partenaires pour avoir l'occasion de ronfler.

Il lança sa veste sur le canapé le plus proche en riant.

— Vous êtes vraiment fantastique pour mon ego, *cara mia.* A vous entendre, je suis un superétalon capable d'assurer toute la nuit.

— Avec combien de femmes pouvez-vous coucher dans la même nuit ?

— Ça dépend.

— De quoi ?

Il défit quelques boutons de sa chemise.

— De l'alchimie. Mais ne vous inquiétez pas, j'essaierai de me modérer. Il est même possible que je m'abstienne pour cette nuit.

Lottie arqua un sourcil narquois.

— Congé longue durée ?

Il fit semblant de réfléchir.

— Je pense que j'y ai largement droit. Voyons… ma première fois c'était à l'âge de…

— Epargnez-moi les détails, par pitié.

Il passa la main dans ses cheveux, ce qui les ébouriffa et le rendit encore plus irrésistible.

— Vous voulez quelque chose contre la migraine ?

— Non, je crois que je vais juste me reposer un peu, répondit-elle en se dirigeant vers la porte de la deuxième suite. A quelle heure en aurez-vous terminé avec votre rendez-vous ?

— Ce n'est pas aujourd'hui mais demain.

— Mais je croyais que vous deviez être ici aujourd'hui ?

Elle tenta de se remémorer sa conversation avec sa sœur.

— Je suis sûre que Madeleine m'a dit que vous deviez être à Monte-Carlo mercredi.

— Parce que je ne voulais prendre aucun risque.

— Ce rendez-vous est donc très important pour vous ?

— C'est juste quelque chose que j'ai en vue depuis quelque temps. Rien de très important.

— Ce quelque chose que vous avez en vue est féminin ?

Quelle idiote ! Elle n'aurait jamais dû poser la question. Mais elle lui avait échappé. Ç'avait été plus fort qu'elle.

Une lueur malicieuse s'alluma dans les yeux chocolat.

— Comment avez-vous deviné ?

Deux heures plus tard, Lottie entrait en compagnie de Lucca dans la boutique de lingerie fine située dans une petite rue pavée du centre de Monte-Carlo. La propriétaire était une femme — bien sûr — mais elle avait au moins quinze ans de plus que Lucca, ce qui rasséréna un peu Lottie, mais tout juste. Sans doute couchait-il aussi avec des femmes assez âgées pour être sa mère. Et même sa grand-mère…

Une fois les présentations faites, Rochelle Talliarde présenta à Lottie un choix d'articles.

— Aviez-vous quelque chose de précis à l'esprit ?

— Eh bien…

Cette situation était très embarrassante… surtout avec Lucca qui ne la quittait pas des yeux.

— Du blanc ou du crème, je pense.

— Et ça ?

Lucca souleva un bustier en dentelle noire avec des nœuds rouges et des lacets en cuir.

— Pour une nuit de noces ? Ce n'est pas du tout approprié, objecta-t-elle.

— Pas pour Madeleine. Pour vous.

— Pour moi ? s'exclama-t-elle, horrifiée. Je ne porterai jamais un truc pareil.

— Vous seriez hypersexy, insista-t-il les yeux pétillant de malice. Si vous l'essayiez ?

— Il n'en est pas question.

Se détournant, elle prit la première chose qui lui tombait sous la main. Et rougit jusqu'à la racine des cheveux en voyant ce que c'était. Elle lâcha le minuscule bout de dentelle comme si c'était une tarentule.

— Oh ! voilà quelque chose de fantastique, commenta Lucca en le ramassant. Une culotte à entrejambe ouvert. Un pur fantasme de jeune marié.

— Vous allez arrêter ? dit-elle entre ses dents.

— Nous prenons ça, le bustier et cet ensemble vieux rose, dit-il à Rochelle Talliarde, qui semblait beaucoup s'amuser. Et maintenant, occupons-nous de votre sœur. Que pensez-vous de ça ? Et ça ? Et ça ?

Le temps que chaque article soit enveloppé dans du papier de soie et rangé dans les sacs roses et noirs portant le logo de la boutique, Lottie avait dépassé le stade de l'embarras pour atteindre le comble de l'humiliation.

— Madeleine va me tuer, déclara-t-elle lorsqu'ils furent dans la rue. Le pauvre Edward va probablement avoir une attaque en la voyant dans cet accoutrement. Nous sommes censés acheter une tenue de nuit de noces pour un mariage royal, pas un costume SM.

— Vous ne savez vraiment pas vous amuser, *cara mia ?*

Elle foudroya Lucca du regard.

— Vous n'avez aucune décence.

— Je sais. C'est mon image de marque. Cool, non ?

Elle s'immobilisa pour lui faire face.

— Vous ne préféreriez pas être connu pour autre chose que votre goût du scandale ?

— Et vous, vous ne préféreriez pas avoir une autre image que celle d'une petite sainte pudibonde incapable de s'amuser ?

Cette pique la blessa bien plus qu'elle ne l'aurait voulu.

— Je ne suis pas pudibonde.

— Si. Et lâche également. Vous vous êtes brûlée une fois, alors vous êtes rentrée dans votre coquille, où personne ne peut vous atteindre. Vous avez peur. Vous vous réfugiez dans la pudibonderie parce que la passion vous effraie. La vie vous effraie. Vous vous effrayez vous-même.

Comment pouvait-il la connaître aussi bien après quelques jours à peine ? Etait-elle si transparente ? C'était consternant.

— Vraiment ? Et vous estimez être celui pour lequel je devrais me laisser aller, je suppose ?

Elle lui donna un petit coup sur le torse avec deux doigts.

— Eh bien, laissez-moi vous dire une chose, Lucca Chatsfield.

Nouveau petit coup.

— Vous êtes le dernier homme avec qui je me laisserais aller.

Petit coup.

— Parce que vous vous amusez avec les gens et ensuite vous les jetez.

Petit coup.

— Il n'y a vraiment pas de quoi se vanter. Vous devriez avoir honte de vous.

Il écarta sa main comme si c'était un moustique importun.

— Je n'ai pas honte. Alors laissez tomber.

Elle ne bougea pas.

— Vous pensez que j'ai peur, mais vous, quand allez-vous vous décider à grandir ? A devenir adulte ? Vous n'êtes qu'un play-boy atteint du syndrome de Peter Pan, trop immature pour gagner sa vie au lieu de vivre aux crochets de sa famille comme un parasite.

Un silence pesant suivit cette tirade.

— Vous avez terminé ? finit par demander Lucca.

Son regard était glacial et une petite veine battait frénétiquement à sa joue gauche. Pas question de reculer. Elle avait enfin réussi à lui taper sur les nerfs et c'était incroyablement stimulant. Il était toujours si désinvolte. Si malicieux. Se moquant de tout et de tout le monde comme s'il n'attachait aucune importance à l'opinion qu'on pouvait avoir de lui. Mais sous ses dehors de play-boy insouciant se cachait un homme fier et vibrant de colère.

— Non, je n'ai pas terminé. Il est temps que quelqu'un vous dise la vérité au lieu de s'extasier devant vous et de flatter votre ego comme tous les flagorneurs arrivistes dont vous vous entourez. Qui sont vos vrais amis ? Qui vous connaît vraiment ? Qui s'intéresse davantage à vous qu'à votre argent ? Qui vous aime plus que tout au monde ? Personne. Voilà. Vous n'êtes rien sans l'argent de votre famille et vous le savez très bien. C'est pour ça que vous y tenez tant.

Il inspira profondément, visiblement fou de rage. Puis il referma sur son bras une poigne d'acier et l'entraîna à travers l'attroupement qui s'était formé autour d'eux.

— Avancez et taisez-vous, intima-t-il entre ses dents.

Elle tenta de se dégager.

— Lâchez-moi ! Vous me faites mal !

Il desserra les doigts, mais pas assez pour qu'elle puisse se libérer.

— Je vous ai dit de vous taire, bon sang. Vous êtes en train de provoquer un scandale.

— Je n'ai pas d'ordres à recevoir de vous, protesta-t-elle avec une moue boudeuse en traînant les pieds.

D'accord, elle se comportait comme une gamine de trois ans, mais elle s'en moquait éperdument !

Il lui lança un regard sarcastique.

— Qui est immature, à présent ?

— Pauvre type !

Elle lui tira la langue. Là, elle en faisait vraiment trop..., mais c'était si bon de se quereller avec lui ! C'était grisant. Comme si elle était sous l'effet d'une drogue euphorisante. Jamais encore elle n'avait dit ses quatre vérités à quelqu'un. Elle devrait peut-être le faire plus souvent. C'était tellement exaltant de se défendre pour une fois.

Les yeux chocolat étaient devenus noirs.

— Ne m'incitez pas à vous lancer des injures, parce que j'en connais sûrement beaucoup plus que vous et de beaucoup plus pittoresques.

Il l'entraîna sans ménagement dans le hall de l'hôtel en ignorant les membres du personnel qui s'adressaient à lui avec une politesse obséquieuse. Il appuya d'un coup sec sur le bouton d'appel de l'ascenseur et les portes s'ouvrirent aussitôt, comme si elles n'osaient pas lui désobéir. Il la tira dans la cabine avec lui, puis avant même que les portes se soient refermées, il la plaqua contre la paroi et s'empara de sa bouche.

Ça n'avait rien à voir avec la première fois. Ce n'était pas un baiser de séduction mais de punition. Il n'était pas censé procurer du plaisir mais de la souffrance. Comme si toute la rage qui était enfouie au plus profond de lui-même trouvait enfin une issue et se déversait en elle avec une soudaineté foudroyante.

Sans qu'elle l'ait décidé ses bras se nouèrent sur sa nuque et son corps se pressa contre le sien. Le contact de son sexe dur contre son ventre décupla son excitation. Elle sentit le goût du sang dans sa bouche et comprit que c'était elle qui saignait. Mais au lieu de tenter de se dérober, elle lui rendit son baiser avec une ardeur redoublée, comme si c'était le dernier de sa vie.

La passion qui la submergeait était inédite. C'était un côté sauvage et primitif d'elle-même qui la terrifiait, mais qu'elle était incapable de réprimer. Le désir faisait bouillonner son sang dans ses veines, l'enflammant tout entière.

Lucca approfondit encore son baiser, lui arrachant un gémissement étranglé. Une de ses cuisses se glissa entre les siennes et se frotta contre la fleur de sa féminité, lui donnant un aperçu des sensations inouïes qu'il pouvait déclencher en elle. Les jambes tremblantes, elle se mit à onduler des hanches.

Mais tout à coup, il s'arracha à ses lèvres avec un juron étouffé et recula jusqu'à l'autre bout de la cabine. Il s'essuya la bouche du dos de la main et plissa le front à la vue d'une goutte de sang sur sa peau hâlée.

Visiblement furieux contre lui-même, il la regarda dans les yeux.

— Je suis désolé.

Il esquissa une grimace, comme si prononcer ces mots lui causait une douleur physique.

— Ce que j'ai fait est impardonnable.

Elle passa la langue sur la minuscule fissure de sa lèvre inférieure. Lucca déglutit péniblement. Son regard navré en disait encore plus long sur ses regrets que les excuses qu'il venait de marmonner.

Mais elle n'était pas tout à fait prête à lui pardonner.

Pas pour l'avoir embrassée avec une telle fougue. Mais pour avoir prouvé à quel point sa résolution était fragile face à ses techniques de séduction éprouvées.

Sa résolution ? Ha, ha ! Quelle résolution ? Se quereller avec lui revenait à se battre en duel avec un brin d'herbe contre un adversaire armé d'une épée.

Pathétique.

Elle était pathétique.

A son grand soulagement les portes de l'ascenseur s'ouvrirent. Elle quitta la cabine le dos droit et la tête haute.

Cette sortie aurait été un modèle du genre « j'ai le dernier mot sans rien dire » si elle n'avait pas trébuché sur le tapis.

7.

Lucca arracha une énième feuille de son carnet, la roula en boule et la lança rageusement contre le mur. Elle rebondit et tomba sur le tas de croquis auxquels il avait fait subir le même sort au cours de la soirée.

Pour la première fois de sa vie, il ne parvenait pas à dessiner. Il était incapable de se concentrer.

Le dessin était la musique de son âme, mais ce soir l'orchestre n'était pas au rendez-vous. Depuis toujours, toutes les émotions qui l'étreignaient, tous les démons qu'il combattait, tous les fantômes qu'il fuyait, il les affrontait à l'aide d'un crayon ou d'un pinceau. C'était sa façon de se libérer de tout ce qui le rongeait de l'intérieur. La concentration nécessaire à l'exécution de miniatures le calmait. Qu'il dessine la première esquisse ou qu'il peigne avec un pinceau très fin sous un verre grossissant, le travail minutieux le calmait comme une berceuse apaisait un enfant agité.

Mais pas ce soir.

Il était furieux. Contre lui-même. Furieux d'avoir perdu son sang-froid.

Lottie l'avait piqué au vif et au lieu d'affecter sa désinvolture habituelle, il s'était laissé déstabiliser. Il lui avait dévoilé un aspect de sa personnalité qu'il ne montrait jamais à personne.

Dire qu'elle lui avait reproché de vivre aux crochets de sa famille ! Elle l'avait traité de parasite ! De quel droit ? Elle était mal placée pour lui faire la leçon ! Elle-même était née avec une cuillère d'argent dans la bouche et on ne pouvait pas dire qu'elle avait un plan de carrière exaltant. Elle ne vivait qu'à travers les autres. Elle gérait leur planning, elle organisait leurs soirées, mais sa vie à elle était complètement vide.

Pour sa part, il avait droit à l'argent de sa famille. La sécurité matérielle était une compensation pour le désert affectif de son enfance. La solitude dont il avait souffert. La honte et la douleur de ne pas avoir une mère qui les aime suffisamment ses frères et sœurs et lui pour rester auprès d'eux. La déception devant l'absence de ses parents aux événements qui ponctuaient les années scolaires. L'anxiété avec laquelle il scrutait la foule des autres élèves accompagnés de leurs parents rayonnant de fierté lors de chaque remise de prix, chaque spectacle, chaque match de base-ball. Ses efforts désespérés pour tenter de reconnaître dans un visage le portrait de Lauren accroché à Chatsfield House. Chaque fois il en rêvait. Cette fois c'était la bonne, se disait-il. C'était le jour où sa mère reviendrait. Pour les voir Orsino et lui. Pour les féliciter, pour leur manifester sa fierté et leur montrer qu'elle les aimait toujours. L'espoir gonflait son cœur à tel point qu'il avait du mal à respirer. Mais chaque fois, comme un ballon de baudruche percé par une épingle, il finissait par se dégonfler, se ratatiner, inutile et vain.

Au lieu de tirer le meilleur parti de sa scolarité, il avait donné libre cours à sa frustration. Il s'était rebellé contre l'autorité et il avait délibérément gâché ses chances de suivre de brillantes études. Pour punir ses parents de ne pas manifester le moindre intérêt.

Heureusement pour lui, Orsino avait été à son côté, mais un jumeau n'était ni un père ni une mère. Pas plus que ses aînés. Antonio et Lucilla avaient fait ce qu'ils avaient pu, mais comme Nicolo et Franco, ils avaient leurs propres problèmes.

Et après lui il y avait Cara, le bébé de la famille, qui ne gardait aucun souvenir de leur mère.

Lucca se passa la main sur le visage en jurant. Il détestait penser à sa famille. Il détestait penser. Ça ranimait des émotions enfouies depuis très longtemps. Ça projetait une lumière vive sur les ombres de sa souffrance. Une lumière qui le rendait physiquement malade. Comme en ce moment même… Ses membres étaient engourdis et une violente migraine lui enserrait le front.

Il prit son portable et constata qu'il avait manqué deux appels de son frère. Mais au lieu de le rappeler ou de se distraire l'esprit sur les réseaux sociaux il se surprit à faire défiler ses photos. Il s'arrêta sur la photo de Lottie dans le parc du palais. La lumière allumait des reflets d'or dans sa chevelure châtaine qui ressemblait à un écheveau de soie. Son teint crémeux était rehaussé d'une pointe de rose cendré sur la joue qui était face à l'objectif. Elle paraissait jeune et innocente, préservée des problèmes du XXIe siècle.

Il prit un nouveau crayon, son carnet de croquis et se mit à dessiner.

Passer la soirée seule lui convenait parfaitement, se répéta Lottie pour la énième fois. De toute façon, elle était exténuée par ses longues heures de shopping. Flâner sans garde du corps lui avait donné un sentiment de liberté grisant, d'autant plus qu'aucun journaliste ne l'avait repérée. Poursuivie par la remarque de Lucca sur sa pudibonderie, elle avait acheté une multitude de tenues de couleurs et de styles variés, uniquement pour prouver qu'elle n'était pas aussi lâche qu'il le pensait.

Elle avait hâte de voir la tête qu'il ferait en la découvrant vêtue de rose fuchsia, maquillée et les cheveux lâchés sur les épaules… Voilà pourquoi elle était légèrement contrariée qu'il n'ait pas cherché à la joindre une seule fois depuis leur dispute.

Mais bien sûr elle n'avait jamais imaginé qu'il l'inviterait à dîner ni qu'il l'emmènerait en boîte ni rien de ce genre. Il ne manquerait plus que ça ! Commander des plats à manger dans sa chambre en regardant des vieux films lui convenait parfaitement.

La suite voisine était très calme, ce qui était à la fois une surprise et un soulagement. Elle s'attendait à entendre à un moment ou à un autre les gloussements alcoolisés d'une inconnue. Mais elle avait beau tendre l'oreille, aucun bruit ne lui parvenait. Ni tintement de verres, ni murmures, ni rires étouffés. Rien du tout. De toute évidence, les suites des hôtels Chatsfield étaient parfaitement insonorisées…

A 10 heures le lendemain matin, la suite voisine était toujours aussi silencieuse et elle n'avait toujours reçu ni texto ni appel de Lucca. Serait-il resté dehors toute la nuit ? Elle se mit à arpenter le salon de sa suite avec irritation. Comment osait-il la laisser sans nouvelles ? Ce serait une bonne leçon pour lui s'il ratait son rendez-vous important à cause d'une gueule de bois gigantesque.

Lottie jeta un coup d'œil par la fenêtre. Des paparazzi étaient agglutinés devant l'hôtel. Il y avait même une équipe de télévision… Son estomac se noua. Elle avait délibérément omis de consulter les actualités sur internet et de prendre le journal qui attendait depuis les premières heures de la matinée dans un sac de soie accroché à la poignée de la porte, côté couloir.

Il était si facile d'imaginer les inepties colportées par la presse. « Charlotte, la princesse de glace mal fagotée, et Lucca Chatsfield, le séducteur le plus sexy du moment, se retrouvent en secret au Chatsfield de Monte-Carlo pour une nuit torride. »

Elle se détourna de la fenêtre avec dépit. Une fois de plus, elle allait être la risée du public. On allait se moquer d'elle comme d'habitude. La plaindre de ne pas arriver à la cheville de sa sœur. Cendrillon sans prince charmant pour l'emmener au bal.

Personne ne lui courrait après, une pantoufle de vair à la main.

Personne ne lui courrait après, point.

Il n'y avait même personne pour se préoccuper de

savoir si elle n'en avait pas assez d'attendre seule, depuis des heures.

Lottie se dirigea vers la porte de communication entre les deux suites, qu'elle avait verrouillée la veille. Comme si une force extérieure prenait le contrôle de son corps, elle vit sa main se tendre vers la grosse clé de cuivre. Le contact du métal sur ses doigts ne suffit pas à l'arrêter. Elle tourna la clé avec un déclic qui résonna comme un coup de revolver.

Elle poussa la porte, qui tourna silencieusement sur ses gonds. La lumière du jour provenant de sa suite troua la pénombre qui régnait dans la pièce, tel le faisceau lumineux d'une torche. Un juron étouffé la fit tressaillir.

Le cœur battant à tout rompre, elle promena son regard autour d'elle. Un fouillis indescriptible régnait dans la suite. Comme si elle avait été dévastée par une tornade. Ou un cambrioleur dément. Le sol était jonché de boules de papier, tandis que sur le lit des jambes et des bras masculins émergeaient des draps froissés. A première vue, aucune trace d'équivalents féminins. Dieu merci.

— Fichez le camp.

Le ton n'était pas aussi agressif qu'il aurait dû l'être. Lucca avait parlé d'une voix sans timbre, comme s'il manquait cruellement d'énergie.

— Ça va ?

Un autre juron étouffé se fit entendre.

— Super !

Lottie marcha sur une serviette humide et fronça le nez avec dégoût en sentant une odeur de vomi.

— Ça vous apprendra à boire toute la nuit. Savez-vous que l'abus d'alcool peut infliger des lésions irréversibles à votre cerveau ?

Lucca écarta l'oreiller sous lequel il avait enfoui sa tête et ouvrit un œil injecté de sang.

— Ce n'est pas la gueule de bois. Je suis malade.

Elle croisa les bras sans cacher son incrédulité.

— Bien sûr. Une trop forte dose d'alcool irrite la paroi intestinale, ce qui déclenche des nausées.

Il remit l'oreiller sur sa tête.

— Si vous le dites…

Lottie plissa le front. Il avait le teint livide et son corps était parcouru de tremblements. Elle approcha du lit et posa la main sur son épaule. Sa peau était brûlante et trempée de sueur.

— Vous avez de la fièvre.

— Pas possible…

La voix de Lucca était si faible que la pointe d'ironie y était à peine perceptible.

— Nous devrions peut-être appeler un médecin.

— Vous devriez peut-être ficher le camp de ma chambre.

— Ce n'est pas parce que vous ne vous sentez pas bien que vous devez être grossier.

Il roula sur le dos, et posa aussitôt le bras sur ses yeux pour se protéger de la lumière.

— Fichez-moi la paix, princesse. Je ne suis pas au mieux de ma forme, d'accord ? J'ai juste besoin de quelques heures de sommeil pour chasser cette grippe.

— Et votre rendez-vous très important ?

Il se redressa si brusquement que son visage perdit le peu de couleur qui lui restait. L'espace d'un instant il oscilla, puis il sembla retrouver le sens de l'équilibre. Ecartant les draps, il se leva et se dirigea d'un pas chancelant vers la salle de bains. Il se cogna l'épaule à l'encadrement de la porte, puis avant d'avoir le temps de refermer cette dernière, il se précipita vers le lavabo le plus proche, en proie à une violente nausée.

Avec un pincement au cœur, Lottie le rejoignit, passa une serviette propre sous l'eau, l'essora, puis la lui tendit. Il l'appliqua contre son visage pendant quelques secondes, toujours tremblant de fièvre.

— Allez-y.

— Je ne partirai pas d'ici avant d'avoir appelé un médecin.

Il jeta la serviette en direction de la baignoire.

— Je voulais dire à mon rendez-vous. Vous allez devoir enchérir pour moi.

Elle plissa le front avec perplexité.

— Enchérir pour vous ?

S'agrippant au rebord du lavabo, il tourna la tête vers elle.

— Je veux acheter un portrait miniature. C'est la première fois qu'il est proposé dans une vente aux enchères. Il provient d'une collection privée. La vente est à midi.

— Mais je n'ai jamais assisté à une vente aux enchères. Je n'y connais absolument…

— S'il vous plaît, insista-t-il d'un ton pressant, malgré la faiblesse de sa voix. Je veux cette miniature. Elle est unique.

Elle se mordit la lèvre.

— Vous avez un budget en tête ?

Lottie n'avait jamais été aussi fière d'elle. Non seulement, elle avait réussi à quitter l'hôtel sans attirer l'attention de la presse — avec l'aide d'un cadre de l'hôtel qui avait fait diversion —, mais elle était arrivée à temps à la vente aux enchères, qui se tenait dans une villa privée, et elle avait réussi à surenchérir et à obtenir le portrait miniature. Celui-ci n'était pas plus grand qu'une broche et représentait la maîtresse d'un duc du XVIIe siècle. Les enchères avaient monté pendant un moment jusqu'à ce qu'il ne reste plus qu'elle et un homme d'une soixantaine d'années, qui avait fini par s'incliner.

— Adjugé à la jeune fille en rose ! avait proclamé le commissaire-priseur après le coup de marteau.

Lottie regagna l'hôtel sans être repérée et se précipita dans la suite de Lucca, aussi exaltée que si elle rapportait les joyaux de la couronne.

— Je l'ai eu ! J'ai surenchéri et j'ai gagné ! Je…

Elle s'interrompit brusquement. Lucca dormait. Elle posa le portrait miniature sur une table avec les trois autres qu'elle avait achetés et elle s'approcha du lit. Lucca était allongé sur le ventre, couvert jusqu'aux hanches par un drap de coton blanc, sous lequel on devinait les contours de ses jambes et les courbes de ses fesses. S'efforçant de détacher son regard de ces dernières, elle écarta de son front une mèche de cheveux humides. Il ne sembla pas en avoir conscience. Sa respiration était régulière et son visage détendu.

Après avoir attendu un instant, elle effleura sa joue du bout des doigts. Sa barbe était aussi piquante qu'elle en avait l'air… Parcourue d'un long frisson, elle serra les poings pour résister à la tentation de poursuivre son exploration et s'écarta du lit.

Elle promena son regard sur le fouillis qui régnait dans la pièce et soupira. Si elle demandait qu'on leur envoie une femme de chambre, il se réveillerait à coup sûr. Pourquoi ne pas se contenter de réclamer des serviettes et des draps propres ? Elle rangerait la pièce sans bruit tout en veillant sur lui.

Après avoir rassemblé les boules de papier, elle les mit dans la corbeille. Mais la curiosité la poussa à en reprendre une et à la défroisser. C'était une esquisse d'une des villas devant lesquelles ils étaient passés la veille.

Elle prit une autre boule. Une esquisse d'un café du port. Elle en prit une troisième. Puis d'autres encore. Chaque esquisse lui en apprenait un peu plus sur Lucca. C'était comme si elle avait pelé un oignon pour trouver un trésor à l'intérieur.

Jamais elle n'avait imaginé que Lucca pouvait être un artiste… Or, il avait un talent remarquable. Ce n'étaient que des esquisses, mais elle avait des notions suffisantes en beaux-arts pour voir que son coup de crayon était très sûr et très précis. Il avait un sens de la perspective et du détail impressionnant. Comme s'il portait sur le monde un regard pénétrant capable de détecter les secrets les plus enfouis de ses sujets.

Il restait un dernier dessin.

La feuille n'était pas froissée en boule sur le sol, mais encore attachée à son carnet de croquis, posé sur le bureau en noyer situé sous la fenêtre. Le crayon était couché sur la feuille à côté d'une gomme et le fauteuil était de travers, comme si Lucca s'était levé précipitamment et n'avait pas eu le temps de le redresser.

Lottie regarda le dessin et son cœur fit un petit bond dans sa poitrine. C'était elle… en train de ramasser des fleurs dans le parc du palais. Ce n'était qu'une esquisse, mais Lucca avait parfaitement rendu l'atmosphère de cet instant particulier. Quant à elle, elle semblait éthérée et même… oui, belle.

Elle avait posé pour plusieurs portraits officiels et elle avait détesté chacun d'eux. Systématiquement, elle avait un air hautain et guindé.

Personne ne l'avait peinte telle qu'elle était. Personne n'avait révélé sa vraie nature.

Lucca dormait toujours profondément, constata-t-elle en jetant un coup d'œil au lit. Son torse puissant se soulevait au rythme de sa respiration profonde et régulière. Envahie par une émotion étrange, Lottie sentit quelque chose se dénouer dans sa poitrine.

Avec une profonde inspiration, elle s'écarta du bureau et poursuivit le rangement. Rien de tel que le travail pour empêcher l'esprit de vagabonder et de se perdre sur des chemins dangereux.

Elle ne devait surtout pas considérer Lucca Chatsfield comme autre chose qu'un séducteur impénitent qui ne pouvait lui apporter que des problèmes. Parce que c'était son domaine de prédilection. Partout où il passait, il semait le chaos. La presse rendait compte régulièrement de ses exploits.

Ce n'était pas le genre d'homme auquel elle pouvait se permettre de penser. Ni le genre d'homme qu'elle pouvait se permettre d'embrasser. Ou de toucher. Malheureusement, il l'attirait comme un aimant…

Elle le regarda. Il avait roulé sur le dos et le drap avait

glissé, révélant son ventre plat et musclé. Y avait-il un seul autre homme au monde qui soit aussi splendide ? Tout à l'heure, il portait un slip bleu marine, mais en rangeant la salle de bains à l'instant, elle en avait trouvé un par terre près de la cabine de douche, à côté d'une serviette mouillée. De toute évidence il avait pris une douche. Et sans doute était-il à présent entièrement nu…

Il ouvrit les yeux et parut désorienté. Son regard se posa sur elle.

— Lottie ?

— A votre service… Enfin, pas dans le sens… Je veux dire…

Les joues en feu, elle indiqua la pièce d'un geste de la main.

— Je faisais un peu de rangement…

Il se redressa sur un coude.

— Vous avez eu le portrait ?

— Oui !

Elle brandit fièrement la miniature.

— Et je me suis beaucoup amusée.

— Bravo.

Il se renversa sur l'oreiller avec un soupir et ferma les yeux.

Elle se mordit la lèvre.

— Ça va ?

— Merveilleusement bien.

— On ne dirait pas.

— Merci.

— Je veux dire… Vous êtes encore très pâle. Vous avez mangé ou bu quelque chose ?

— Non.

— Vous voulez que je commande quelque chose ? Un bouillon de légumes ? Ou bien une boisson réhydratante ?

Il ouvrit un œil et lui lança un regard ironique.

— Je crois que ce serait du gâchis…

— Ça va si mal que ça ?

— Je le crains.

Elle eut une moue de compassion.

— Je vois.

— Merci d'avoir acheté le portrait pour moi, dit-il après un silence.

Le cœur de Lottie se gonfla de joie.

— Je me suis amusée comme une folle. Il y avait un vieux qui n'arrêtait pas de surenchérir, mais je n'ai pas flanché. Je me moquais du prix à payer. Je ne pouvais pas repartir sans cette miniature. Quelle décharge d'adrénaline quand j'ai entendu le coup de marteau ! J'avais l'impression d'avoir gagné une course ou quelque chose dans le genre. Vous croyez qu'une vente aux enchères peut favoriser la fabrication d'endorphines ?

— Combien avez-vous payé ?

— Hum…

Elle se mordit la lèvre.

— Je peux participer si vous trouvez que je suis allée trop loin.

Il esquissa un sourire fatigué.

— Je suis sûr que je peux faire face. Je suis un playboy scandaleusement riche, après tout.

Elle eut une moue contrite.

— A propos de ce que j'ai dit hier…

— Je le méritais.

Il baissa les yeux sur sa bouche et plissa le front.

— Comment va votre lèvre ?

Elle lécha la fissure du bout de la langue.

— Ça va. Je devrais mettre plus souvent du baume. Madeleine n'arrête pas de me répéter que je devrais prendre davantage soin de moi.

Il plongea dans le sien un regard pénétrant, comme s'il cherchait à percer un mystère.

— J'aime bien cet ensemble rose.

— Merci.

— Pourquoi mettez-vous tout le temps des vêtements aussi ternes ?

Elle baissa les yeux sur ses mains.

— C'est une habitude que j'ai prise. Une façon de traiter les critiques par le mépris.

— Les critiques de la presse ?

— Oui. Et du public.

Elle releva les yeux.

— Je n'ai jamais été une princesse photogénique comme Madeleine. Je ne pense pas que quelqu'un ait jamais pris une mauvaise photo d'elle. Mais moi, chaque fois que j'aperçois un objectif, je me fige. Je me sens mal à l'aise. Quand je sais que quelqu'un me regarde, je suis incapable de rester naturelle. Et bien sûr, les paparazzi adorent les photos volées. Sans maquillage, ou en sueur à la sortie du club de sport… ou encore trébuchant en descendant d'un hélicoptère, prête à vomir toutes mes tripes.

— Alors, au lieu de faire des efforts, vous refusez de jouer le jeu. Et du coup on vous critique.

Pour la première fois, elle vit de la compréhension dans le regard de Lucca. Et un nouveau nœud se desserra dans sa poitrine.

— Vous savez ce petit ami dont je vous ai parlé ? C'est à partir de cette histoire que ç'a commencé.

— Il vous critiquait ?

— Pas exactement.

Elle déglutit péniblement.

— Il a pris des photos de moi. De nous… pendant que nous faisions… vous voyez ce que je veux dire…

— Et vous l'ignoriez ?

— Oui. Jusqu'à ce que je les voie sur son portable. Il s'était servi de la télécommande. Je n'arrivais pas à croire ce qui m'arrivait. C'était un véritable cauchemar. Il les avait partagées avec certains de ses amis. Heureusement, mon père a pu user de son influence pour empêcher qu'elles deviennent virales. Vous imaginez le scandale que ça aurait déclenché…

— Et depuis vous tenez tout le monde à distance ?

Lottie lissa sa jupe. Elle ne parlait jamais de ça. A personne. Jamais. Alors pourquoi s'épanchait-elle auprès de Lucca Chatsfield ? Un séducteur notoire qui avait vu ses dernières bouffonneries sexuelles s'étaler à la une des tabloïds londoniens, la semaine précédente… Il possédait sans doute un dossier plein de photos érotiques.

— Il faut que je vous laisse vous reposer. J'ai annulé notre vol de retour. Je pense qu'il vaut mieux attendre de voir comment vous vous sentirez demain matin. Vous êtes certain que vous ne voulez pas que j'appelle un médecin ?

— Non, c'est juste un virus. J'espère que vous n'allez pas l'attraper.

Lucca ferma les yeux en soupirant.

— Je ne le souhaiterais pas à mon pire ennemi.

Il y eut un silence.

— J'ai vu le dessin que vous avez fait de moi.

Il n'ouvrit pas les yeux, mais il se raidit imperceptiblement.

— C'est juste du griffonnage.

— Je ne savais pas que vous dessiniez aussi bien.

Il eut un grognement dédaigneux.

— Vous avez du talent, Lucca. Beaucoup de talent.

Il ouvrit de nouveau un œil pour lui lancer un regard narquois.

— Alors si je vous invitais à venir voir mes estampes vous viendriez en courant ?

Pour dissimuler son trouble, elle prit un air guindé.

— Je parais peut-être naïve, mais même moi je ne tomberais pas dans un piège aussi grossier.

Il eut un petit sourire teinté de tristesse.

— Vous êtes une fille bien, petite princesse. Vous devriez garder vos distances avec les mauvais garçons comme moi.

— C'est bien mon intention, répliqua-t-elle avec une assurance qu'elle était loin de ressentir.

8.

Lucca se réveilla avec une soif épouvantable. Il alluma la lampe de chevet et grimaça à cause des draps trempés de sueur qui lui collaient à la peau. Il s'assit avec précaution au bord du lit. Son estomac gargouilla, mais ce fut sa seule réaction. Dieu merci !

Après avoir pris une douche et s'être rasé, il se sentit un peu mieux. Pas au point de manger, mais il parvint à boire un verre d'eau. C'était un progrès.

Satisfait, il prit son portable et consulta la revue de presse. Quelle ironie ! Tous les journaux racontaient qu'il était cloîtré au Chatsfield de Monte-Carlo en compagnie de la princesse Charlotte, pour un tête-à-tête sensuel.

LE SÉDUCTEUR IMPÉNITENT PASSE UNE DEUXIÈME NUIT AVEC LA PRINCESSE DE GLACE.

SERAIT-CE LA FIN DU ROI DES AVENTURES SANS LENDEMAIN ?

UN DOUBLE MARIAGE EN VUE À LA COUR DE PREITALLE ?

Il éteignit l'écran avec irritation. Qui inventait ces histoires ridicules ? Les journalistes étaient-ils vraiment payés pour raconter ce genre d'inepties ?

Lottie n'était pas le genre de fille à avoir une aventure éphémère. Elle avait vécu une expérience monstrueuse. Rien que de penser à ce qu'elle avait dû ressentir en découvrant que son intimité avait été exposée de manière aussi odieuse, il en avait la nausée. Pour sa part, il pouvait lui arriver de faire des photos coquines, mais jamais sans le consentement de sa partenaire ! Il avait beau être un séducteur, ça ne l'empêchait pas d'avoir des principes.

Il regarda le portrait qu'il avait fait d'elle. Il fallait reconnaître qu'il était assez réussi. Il était parvenu à rendre cet air détaché du monde qu'elle avait souvent. Ce serait encore mieux lorsqu'il aurait ajouté de la couleur. C'était l'étape qu'il préférait. La vie et l'émotion que chaque minuscule coup de pinceau insufflait à un tableau.

Des coups légers furent frappés à la porte.

— Lucca ? Vous êtes présentable ?

Il ouvrit. Lottie le regardait de ses grands yeux émeraude, dépourvus de lunettes. Avait-elle mis des lentilles de contact ? Ses yeux semblaient particulièrement lumineux aujourd'hui. Mais à vrai dire, tout chez elle semblait particulièrement lumineux. Elle était vêtue d'une robe à fines bretelles coupée dans un imprimé de grosses marguerites jaunes et resserrée à la taille par une large ceinture de cuir blanc. Ses cheveux étaient attachés en queue-de-cheval souple à l'aide d'un ruban de soie jaune. Elle était fraîche, jeune, délicieuse… Resplendissante. Ebloui, Lucca resta un instant sans voix.

— Ouah…

— Ça vous plaît ? demanda-t-elle, les yeux brillants.

Elle tournoya sur elle-même et sa robe se souleva juste assez pour dévoiler furtivement ses genoux et ses cuisses fuselées.

— J'ai fait du shopping, hier. Dans une boutique il y avait une styliste très aimable qui m'a donné des conseils pour composer des tenues. J'ai fait chauffer ma carte de crédit. Mais avant tout pour les tableaux, à vrai dire.

— Les tableaux ?

— J'ai acheté trois autres miniatures à la vente aux enchères. Je n'ai pas pu résister. Je n'avais jamais vu un paysage miniature d'aussi près. C'est incroyable la minutie avec laquelle ils ont été peints. Quand on les regarde à la loupe, on découvre une foule incroyable de détails microscopiques…

Lottie s'empourpra.

— Mais vous le savez déjà, bien sûr.

Il ne put résister à l'envie d'effleurer sa joue du bout des doigts.

— Vous êtes toujours aussi rayonnante et joyeuse, de bon matin ?

— C'est juste que je n'ai pas été aussi enthousiasmée depuis longtemps. J'ai commencé une collection d'œuvres d'art ! Trois tableaux ce n'est pas grand-chose, mais c'est un début. Savez-vous s'il y a d'autres ventes aux enchères auxquelles je pourrais assister ?

Lucca sourit, mais il eut également un pincement au cœur, comme la veille. Elle était très jeune et encore un peu naïve. Il y avait dehors des requins qui ne feraient qu'une bouchée d'elle. D'ailleurs, quarante-huit heures plus tôt il aurait été l'un d'eux.

— Bien sûr. Je vous enverrai des liens par e-mail.

Elle se mordit la lèvre.

— Les journaux racontent un tas de choses ridicules à notre sujet.

— Oui, je sais. Je vais être obligé de faire de gros efforts pour redonner à ma réputation son odeur de soufre originelle.

Elle pinça les lèvres comme pour réprimer un sourire.

— En fait, c'est plutôt amusant ce qu'ils racontent.

— Hilarant.

Elle pouffa. Il ne l'avait jamais entendue rire auparavant, songea-t-il, charmé par ce son cristallin. Et il ignorait qu'elle avait des fossettes aussi délicieuses…

— Je pensais que je serais consternée, mais en fait je trouve ça drôle, avoua-t-elle. Ils nous croient en train de grimper aux rideaux alors qu'en réalité j'ai joué les infirmières. S'ils savaient…

— Je suis heureux que vous appréciez à ce point l'ironie de la situation.

Une lueur malicieuse dansa dans les yeux de Lottie.

— Apparemment nous sommes « le » nouveau couple en vue. Madeleine m'a appelée pour me dire que ma cote de popularité était montée en flèche. A propos, étant donné les circonstances, on pourrait peut-être se tutoyer, non ?

— D'accord. Mais avec tous ces articles tu n'es pas inquiète pour ta réputation ?

Elle haussa les épaules.

— J'ai décidé de tourner la page. Je me suis terrée chez moi pendant cinq ans à cause d'un minable. C'était une façon de m'avouer vaincue. J'ai décidé de changer d'attitude. Je veux sortir et faire la fête. Tu veux bien guider mes premiers pas de fêtarde ?

— Holà, doucement.

Lucca plissa le front. Voilà qu'il se sentait obligé de jouer le rôle de l'adulte responsable. On aurait tout vu !

— Je ne suis pas certain que tu sois prête, poursuivit-il. Le monde extérieur, c'est la jungle. Tu risques d'avoir toutes sortes de problèmes.

Elle eut un sourire radieux qui lui coupa le souffle.

— Pas avec toi comme garde du corps.

Depuis qu'elle avait raconté à Lucca son expérience désastreuse, Lottie se sentait beaucoup plus légère. Comme si elle s'était enfin débarrassée d'une vieille armure qui l'écrasait. Il fallait bien reconnaître qu'il avait raison. Pendant toutes ces années elle avait été lâche. Elle avait eu peur de la vie. Peur de l'imprévu. Elle s'était réfugiée dans la routine, de crainte de ne pas être à la hauteur de ce que la vie pourrait lui réserver. Mais comment le savoir si on ne tentait rien ?

Elle était retournée dans le cachot et elle avait survécu.

Elle était remontée en hélicoptère et elle avait survécu.

Il était temps de recommencer à vivre. Ce que racontaient les journaux ? Quelle importance ? Elle allait s'amuser en faisant tout ce que faisaient les filles de son âge. Danser, boire de délicieux cocktails, flirter avec des hommes séduisants, et se sentir normale.

Lucca se révéla aussi merveilleux cavalier qu'elle aurait pu l'imaginer. Il loua une voiture de sport pour l'emmener à Nice, où ils dînèrent dans un restaurant grandiose qui surplombait la mer. Ensuite, il l'emmena dans une boîte de nuit tenue par un de ses amis. La musique était assourdissante et la clientèle ultrasophistiquée, mais après son deuxième cocktail au champagne elle commença à se sentir un peu plus à l'aise.

Cependant, alors que Lucca s'était esquivé aux toilettes, son ami le barman insista pour offrir à Lottie une vodka censée l'aider à digérer les verres précédents. Parce que c'était un ami de Lucca et qu'elle craignait de l'offenser, elle accepta et la but poliment. L'alcool fort lui fit l'effet d'une potion magique. Elle se sentit soudain pleine d'assurance et plus déterminée que jamais à faire la fête jusqu'au bout de la nuit. Dès que Lucca revint, elle le prit par la main pour l'entraîner vers la piste.

— Viens, allons danser.

— Tu crois que tu as bien fait de boire ce dernier verre ?

— Ne sois pas rabat-joie, s'il te plaît. Je suis censée apprendre à m'amuser. Pourquoi es-tu aussi sérieux, tout à coup ?

Roulant les yeux, il se laissa entraîner au milieu des danseurs.

— Une danse et ensuite je te ramène à l'hôtel pour te mettre au lit.

— Oh ! oui ! Ça, c'est la meilleure idée de la soirée !

Il fronça les sourcils.

— Tu es ivre.

Elle vacilla sur ses jambes.

— Et alors ? Tu crois que je n'aurais pas envie de toi si je n'étais pas un peu éméchée ?

— Je ne coucherai pas avec toi, Lottie. Ni ivre ni sobre.

Elle eut une moue dépitée.

— Pourtant, je sais que tu as envie de moi. Ce baiser dans l'ascenseur…

— Etait une erreur qui ne se renouvellera pas.

— J'ai aimé ta fougue, dit-elle en se collant contre lui. Ça m'a fait un effet incroyable… Je n'avais jamais éprouvé ça. J'ai bien failli avoir un orgas…

— Tu vas te taire ? coupa-t-il d'un ton vif.

Elle ondula contre lui en gloussant.

— Je n'en ai jamais eu avec un homme. Un orgasme, je veux dire. Mais je peux faire semblant. Je suis très douée, d'ailleurs. Tu veux que je te montre ?

Etouffant un juron, il la fit pivoter sur elle-même et l'entraîna fermement vers la sortie.

— Non, pas maintenant.

— Je sais pourquoi tu ne veux pas coucher avec moi. Tu crains d'avoir envie de recommencer, n'est-ce pas ?

Comme c'était agréable de pouvoir dire tout ce qu'on pensait sans éprouver la moindre gêne ! songea-t-elle en s'efforçant de ne pas se tordre les chevilles sur ses talons aiguilles. La seule chose troublante c'était qu'elle voyait deux Lucca au lieu d'un…

— Tu risquerais d'avoir envie d'une véritable liaison qui dure des semaines et des semaines. Peut-être même des mois et des mois.

Elle adressa un sourire mutin aux deux Lucca.

— Peut-être même tomberais-tu amoureux de moi, comme le racontent les journaux. Ce serait tordant, non ?

Il laissa échapper un juron retentissant.

Lucca porta Lottie endormie à l'hôtel. Heureusement qu'elle s'était enfin tue ! Mieux valait ne pas imaginer les gros titres dans la presse, si les paparazzi l'avaient entendue évoquer la possibilité qu'il tombe amoureux d'elle… Dieu merci, le hall était désert. Mais un tel calme c'était tout de même curieux. Il était à peine plus de minuit.

Un employé se précipita vers lui.

— Oh ! mon Dieu, monsieur Chatsfield. Son Altesse Royale est malade elle aussi ?

— Non, juste un peu… fatiguée. Je l'emmène dans la suite.

— Nous vous avons laissé plusieurs messages. Nous avons été obligés de mettre l'hôtel en quarantaine.

— Quoi ?

— Une épidémie s'est déclarée. Les autorités médicales préfèrent prendre les plus grandes précautions tant qu'ils n'ont pas identifié le virus. Pour l'instant nous ne prenons plus aucune réservation et on nous a demandé de garder tous nos clients sur place, pendant quarante-huit heures, pour arrêter la propagation de l'infection.

Lucca réprima un soupir. Lui qui avait prévu de rentrer à Preitalle à la première heure demain matin… Il ne voulait pas rester plus longtemps sous le même toit que Lottie, au cas où la tentation deviendrait trop forte.

— Mon père et son directeur général sont au courant ?

— Oui, ils sont informés tous les deux. Ils ont dû essayer de vous joindre. Vous aviez éteint votre téléphone ?

— Il est sur vibreur.

Il n'avait pas eu envie de subir les reproches de son père ou de Christos à l'annonce dans la presse de sa « liaison » avec Lottie. Non qu'il souhaite leur approbation. Loin de là. Les exaspérer l'amusait.

Lottie ouvrit les paupières.

— J'ai dormi ?

— Oui, *cara mia,* répondit Lucca, conscient du regard curieux de l'employé.

— J'ai passé une soirée fantastique, Jean-René, dit Lottie à ce dernier.

Elle connaissait son nom ? Pour sa part il l'avait toujours ignoré, songea Lucca.

— Lucca m'a emmenée danser, poursuivit-elle. J'ai bu des cocktails au champagne, et ensuite j'ai bu la première vodka de ma vie.

Très professionnel, Jean-René ne cilla pas.

— C’est formidable, Votre Altesse Royale. Je suis heureux que vous vous soyez bien amusée.

— J’ai passé une soirée fabuleuse ! cria Lottie en battant des jambes, comme une enfant excitée. Lucca est amoureux de moi. N’est-ce pas, Lucca ?

— Mais bien sûr, répondit-il en s’exhortant au calme.

Elle effleura sa lèvre inférieure du bout du doigt.

— Tu es incapable de me résister, n’est-ce pas ? Je ne suis pas comme tes poules habituelles.

— Absolument.

Lucca se tourna vers l’employé.

— Tenez-moi au courant de l’évolution de la situation, d’accord ?

— Oui, monsieur. Très bonne nuit à vous, ajouta l’employé avec un sourire complice.

Lottie se réveilla avec une violente migraine et la bouche sèche comme du papier de verre. Elle s’assit avec précaution et prit ses lunettes sur la table de chevet.

Lucca était assis — ou plutôt avachi — dans une bergère à oreilles, habillé comme la veille au soir. Pourquoi avait-il passé la nuit à son chevet ? Etait-ce lui qui l’avait mise au lit ? Elle baissa les yeux sur sa culotte et son soutien-gorge, dans lesquels elle avait dormi. Etait-ce lui qui l’avait déshabillée ? Elle plissa le front. Ses souvenirs de la soirée étaient plutôt brumeux. Mais elle savait qu’elle s’était bien amusée. Lucca l’avait fait rire et il l’avait emmenée danser.

Elle s’assit au bord du lit avec précaution et testa son équilibre. La tête lui tournait un peu, mais elle ne se sentait pas trop mal. Une douche chaude suffirait à la remettre d’aplomb. Quand elle sortit de la salle de bains un moment plus tard, Lucca consultait ses messages sur son téléphone. Il leva la tête.

— Comment va ta tête ? demanda-t-il en promenant son regard sur son peignoir en éponge et la serviette qui enveloppait ses cheveux comme un turban.

— C'est toi qui m'as déshabillée, hier soir ?

— Oui, mais je n'ai pas posé un seul doigt sur toi…

— Pourquoi pas ?

— Comment ça « pourquoi pas » ? Tu étais complètement ivre !

Lottie inclina légèrement la tête.

— Je n'aurais jamais imaginé que tu étais du genre chevaleresque. Je te croyais plutôt prêt à profiter de toutes les occasions.

Lucca se leva et mit son téléphone dans la poche, le regard noir.

— Il y a une chose que tu dois savoir, jeune fille. Il n'est pas nécessaire d'être ivre pour s'amuser. Tu ne peux jamais être sûre que tu ne vas pas tomber sur un sale type prêt à profiter de la situation.

— Tu ne me trouves pas attirante ?

Elle ne devrait pas poser cette question, songea-t-elle aussitôt. Mais tant pis, c'était plus fort qu'elle. Il fallait qu'elle sache.

Il passa la main dans ses cheveux et se dirigea vers la porte de communication.

— Je ne veux pas avoir cette conversation.

— Pourquoi as-tu passé la nuit dans ma chambre ?

Il poussa un profond soupir et se retourna vers elle.

— J'étais inquiet pour toi. Tu avais un comportement pour le moins inhabituel.

— Je n'étais pas si soûle que ça… si ?

Il darda sur elle un regard noir.

— Tu étais complètement bourrée, si tu veux savoir.

— Je ne me souviens pas de grand-chose après cette vodka. C'est le barman — ton ami — qui me l'a offerte. C'était gentil de sa part, non ?

— Si j'étais toi, à l'avenir j'éviterais les cocktails au champagne et les hommes que tu ne connais pas.

— Comment vais-je rencontrer des gens nouveaux si je ne peux fréquenter que des gens que je connais ?

— Ce n'est pas mon problème, répliqua Lucca en se

dirigeant vers la porte de communication. Je vais prendre une douche.

— A quelle heure partons-nous ?

— Nous ne partons pas.

9.

— En quarantaine ? s'exclama Lottie quand Lucca lui eut expliqué la situation. Ça veut dire que nous ne pouvons pas quitter nos chambres ?

— Apparemment. Ils veulent circonscrire l'épidémie.

— Mon Dieu, pas étonnant que tu aies été aussi malade… Et moi qui croyais que c'était la gueule de bois.

Lucca lui lança un regard noir.

— Je sais que j'ai une réputation de fêtard, mais je ne perds jamais le contrôle. Je connais mes limites et je ne les dépasse jamais. Contrairement à quelqu'un que je connais et que je ne nommerai pas.

— Ce n'est pas la peine d'insister si lourdement. Je ne savais pas que ce troisième verre me monterait à la tête comme ça. Au moins, il ne s'est rien passé de grave. Ça aurait pu être bien pire. Tu aurais pu me prendre en photo dans mes dessous…

Elle plissa les yeux.

— Tu ne l'as pas fait, j'espère ?

— Mais enfin, pour qui me prends-tu ?

— Comment savoir ce que tu as pu faire pendant que j'étais inconsciente ? Tu m'as enlevé ma robe.

Lucca se passa nerveusement la main dans les cheveux, puis il poussa un soupir exaspéré.

— Tu avais coincé la fermeture Eclair. Tu es sortie de la salle de bains avec la robe bloquée sur tes hanches. J'ai décoincé la fermeture Eclair, tu t'es couchée et tu t'es endormie dans la seconde.

Lottie se mordit la lèvre.

— Je n'ai pas dit ou fait des bêtises, j'espère ?

— Oh ! tu voulais me montrer à quel point tu étais douée pour simuler l'orgasme, par exemple.

— Non ! Ce n'est pas vrai !

Elle rougit jusqu'à la racine des cheveux.

— Tu plaisantes, n'est-ce pas ?

— Je t'assure que non.

Une lueur malicieuse s'alluma dans le regard de Lucca.

— Ah, et tu te comportais comme si tu étais follement amoureuse de moi.

Elle laissa échapper un rire jaune.

— Ha, ha ! Très drôle. Comme si je pouvais tomber amoureuse d'un homme comme toi. Personne n'y croirait une seule seconde.

— Ah oui ? Eh bien, devine quoi ? Le monde entier en est persuadé.

Lottie se mordit la lèvre. Elle avait complètement oublié le reste du monde. Son univers s'était réduit à cette suite du Chatsfield de Monte-Carlo, occupée par Lucca et elle. Un univers secret où elle découvrait des facettes de sa personnalité que personne d'autre ne connaissait. Sa vulnérabilité quand il était malade, son talent artistique, sa compassion, son attitude protectrice, sa galanterie.

— Peut-être, mais ils pensent aussi que tu es amoureux de moi. Je suis la première femme avec qui tu as passé plus d'une nuit. Nous avons déjà passé trois nuits ensemble. Pour un play-boy c'est un peu comme être marié, non ?

Il eut une moue de dégoût.

— Evite de prononcer ce mot en ma présence. Il me donne envie de vomir.

— Qu'est-ce que tu as contre le mariage ? Je sais que tes parents ne t'en ont pas donné une image très reluisante, mais des tas de gens parviennent à mener une vie heureuse et enrichissante en couple. Pourquoi pas toi ?

— Ça n'arrivera pas.

— Pourquoi pas ?

— Je mourrais d'ennui au bout d'une semaine.

— Pas si tu épouses une femme avec qui tu partages des idées, des goûts et des convictions. Pas étonnant que tu t'ennuies avec celles que tu as l'habitude de fréquenter. Elles ne te connaissent pas. Si elles veulent coucher avec toi c'est uniquement pour pouvoir s'en vanter par la suite. Ce n'est pas toi qui les intéresses en tant que personne, mais le fait de coucher avec un play-boy scandaleusement riche.

— Merci de résumer ma vie sexuelle de manière aussi pertinente.

— Je t'en prie.

Après qu'il eut regagné sa suite pour prendre une douche et se raser, Lottie ne revit pas Lucca de la journée. A partir de 20 heures, elle commença à se sentir de plus en plus nerveuse. Ça paraissait si injuste ! Le monde entier la croyait en train de vivre une aventure torride avec le play-boy le plus célèbre de la planète, alors que le play-boy en question faisait tout pour l'éviter…

Elle frappa à la porte.

— Lucca ?

— Va-t'en.

— Tu es de nouveau malade ?

— Non. Je travaille.

— Tu dessines ? Je peux voir ? S'il te plaît ?

La porte s'ouvrit brusquement et elle faillit basculer en avant.

— Tu ne comprends pas ce qu'on te dit ? s'exclama Lucca d'un ton excédé.

— Excuse-moi de te déranger, mais je m'ennuie à mourir et j'estime que tu devrais consacrer un peu de temps à me distraire, puisque c'est ton stupide hôtel qui est en quarantaine à cause d'un virus inconnu.

Elle dépassait sans doute les bornes, mais c'était plus fort qu'elle. Il lui manquait.

Elle aimait sa compagnie. Elle la trouvait stimulante. Il

ne la flattait pas parce qu'elle était une princesse, comme la plupart des hommes. Il la taquinait et il la faisait rire.

Et puis, il avait un talent fou, mais il s'en cachait. Ce qui était intrigant.

— Tu ne peux pas regarder un film ou lire ? Ecouter de la musique ? Discuter avec un ami ?

— C'est ce que je viens de faire, mais apparemment il a des choses plus importantes à faire que de passer du temps avec moi.

— Je ne suis pas ton ami.

Lottie franchit le seuil de sa suite sans laisser à Lucca le temps de refermer la porte et jeta un coup d'œil au bureau.

— Oh ! c'est sur mon portrait que tu travailles !

Elle s'approcha et regarda le dessin qu'il avait commencé à peindre. Sur le bureau, étaient posés un verre grossissant, une série de petits pinceaux et de tubes, et une palette sur laquelle il avait mélangé plusieurs couleurs.

— Il est beau. Quand sera-t-il terminé ?

— Il ne le sera jamais si tu ne t'en vas pas et si tu ne me laisses pas tranquille.

— Pourquoi es-tu aussi agressif ?

— Ça t'a peut-être échappé, mais je n'ai pas fermé l'œil la nuit dernière.

— Tu semblais profondément endormi quand je me suis réveillée ce matin.

— J'ai un torticolis à cause de toi.

— Pauvre petit… Tu veux que je te fasse un massage ?

Lucca la dévisagea d'un air soupçonneux.

— Tu as bu ?

— Pourquoi cette question ? s'exclama-t-elle avec indignation. Ce n'est pas parce que j'ai envie de compagnie que je suis ivre !

Il indiqua la porte d'un geste impérieux.

— Dehors.

Elle releva le menton.

— Tu ne peux pas me donner d'ordres. Je suis une princesse.

Un silence tendu s'installa. Se prolongea.

Puis, sans un mot, il la rejoignit, la souleva de terre et la balança sur son épaule.

— Hé ! Repose-moi par terre ! cria-t-elle en bourrant son dos de coups de poing.

En vain. Il la porta dans sa chambre et la laissa tomber sur son lit. Mais elle parvint à l'agripper par le devant de la chemise et il tomba sur elle.

Le monde se figea.

Le silence s'installa.

Elle sentit le corps de Lucca frémir contre le sien, tandis que ses yeux se posaient sur sa bouche. Il se rendait. Enfin.

— Ce n'est pas censé se passer, dit-il d'une voix rauque. Il n'est rien censé se passer entre nous.

Parcourue de longs frissons, elle noua les bras autour de son cou.

— Tout le monde croit qu'il se passe quelque chose entre nous. Alors, pourquoi ne pas se laisser aller ?

Il déposa un baiser au coin de sa bouche. D'un côté, puis de l'autre. Sans effleurer ses lèvres. La mettant à la torture. Attisant le désir qui la faisait déjà vibrer tout entière.

— J'ai envie de toi.

— Alors, qu'est-ce qui t'arrête ?

Il l'embrassa derrière le lobe de l'oreille.

— Tu es une fille sage.

Il plongea furtivement la langue dans son oreille.

— Je ne couche pas avec les filles sages.

— Je peux être vilaine.

Elle promena la langue sur son menton, juste en dessous de sa lèvre inférieure.

— Je suis sûre que je peux même être très vilaine si tu me guides un peu.

Elle sentit son sourire dans son cou.

— Tu risquerais de me détester demain matin.

— Pourquoi ? Ce n'est qu'une aventure d'une nuit, n'est-ce pas ?

Il plongea son regard dans le sien.

— Et tu serais d'accord pour ça ?

— Et toi ?

— Bien sûr. Une nuit.

— Une demie, rectifia-t-elle. A minuit tu retournes dans ta suite, d'accord ?

Des étincelles jaillirent dans les yeux chocolat.

— D'accord.

La bouche de Lucca s'empara de la sienne dans un baiser plein de promesses. La certitude que c'était un prélude au sexe le rendait encore plus grisant. Tout en l'approfondissant avec gourmandise, Lucca débarrassa Lottie de ses vêtements avec une dextérité qui ne laissait aucun doute sur son expérience. Mais ce n'était pas le moment de penser à toutes les femmes qu'il avait invitées dans son lit.

C'était son lit à elle et c'était elle qui l'avait invité.

Cette pensée galvanisa Lottie. Elle contrôlait la situation. C'était elle qui avait fixé les règles. Et ça changeait tout. Elle ne supporterait pas d'être juste une maîtresse parmi d'autres. Juste un nom qu'il oublierait avant que le lit soit refait. Elle voulait qu'il garde d'elle un souvenir très précis. Que chaque instant qu'elle aurait passé avec lui reste gravé dans sa mémoire. Chaque caresse, chaque baiser, chaque soupir, chaque gémissement, elle voulait qu'il s'en souvienne longtemps après la fin de leur nuit de passion.

— Tu as un goût de chocolat au lait, murmura-t-il contre ses lèvres.

— J'ai dévalisé le minibar.

Elle lui rendit son baiser. Avec nonchalance. Ardeur. Nonchalance.

— Quand je m'ennuie, je mange du chocolat.

— Alors il faut faire en sorte que tu ne t'ennuies pas.

Elle laissa échapper un gémissement tandis qu'il aspirait entre ses lèvres la pointe hérissée d'un de ses seins, la mordillant et la léchant tour à tour. Elle ondulait sous lui, frustrée d'être presque nue à part sa culotte, alors qu'il était encore entièrement habillé.

Elle sortit sa chemise de son pantalon et la lui enleva pendant qu'il capturait de nouveau sa bouche. Promenant les mains sur son dos, elle savoura le contraste entre la douceur de sa peau et la dureté de ses muscles. Puis, elle glissa les mains sous son pantalon pour les refermer sur ses fesses. Le témoignage flagrant de son désir contre son ventre la mettait au supplice. Dévorée par une fièvre qui ne devait rien au virus, elle était impatiente de s'unir à lui.

Il s'arracha à sa bouche pour enlever ses chaussures, ses chaussettes et son pantalon. Puis vint le tour de son slip noir. Fascinée par son sexe fièrement dressé, elle le prit dans la main et le caressa délicatement, guettant les signes de plaisir sur son visage.

— Je te caresse bien ?

— Très bien. Mais nous verrons ça tout à l'heure.

Il écarta sa main.

— J'ai quelque chose à faire d'abord.

Elle n'eut pas le temps de lui demander à quoi il faisait allusion. Au premier coup de langue contre son sexe, elle crut défaillir. Des sensations inouïes l'assaillaient de toutes parts, tandis que Lucca la caressait avec une habileté diabolique. Du centre de son être montait un plaisir qui s'annonçait dévastateur. Vague après vague, il déferla bientôt en elle, lui arrachant des gémissements extatiques. Lorsque le flot s'apaisa, elle ouvrit lentement les paupières. Lucca l'enveloppait d'un regard brûlant.

— Le plaisir te rend encore plus belle.

— C'était… surnaturel. J'ai cru que j'allais me désintégrer.

Elle n'éprouvait pas la moindre gêne. Juste un bien-être délicieux et une profonde reconnaissance envers Lucca pour lui avoir fait vivre l'expérience la plus intense de sa vie, comme si c'était la chose la plus naturelle au monde.

— Merci, murmura-t-elle en lui caressant la joue.

— Pourquoi ?

— Pour tout. Je comprends mieux ton succès auprès des femmes. Tu es très doué, n'est-ce pas ?

Il effleura sa lèvre inférieure du bout des doigts avec

un sourire qui n'avait rien de suffisant. Puis il déclara d'une voix douce.

— J'ai peur de te faire mal. Si tu n'as pas eu d'amant depuis longtemps, tu n'es peut-être pas prête…

— Si, coupa-t-elle en lui caressant la joue. J'ai envie de toi. Je veux partager ton plaisir et que tu partages le mien.

Il déglutit péniblement, comme si cette déclaration le touchait au plus profond de lui-même.

— Moi aussi j'ai envie de toi. Depuis le premier jour. Dès la seconde où je suis entré dans le salon au palais et où tu m'as foudroyé du regard.

Un long frisson parcourut Lottie. Elle aussi avait été électrisée dès le premier instant. Quelles étincelles allaient-ils faire jaillir pendant l'amour ?

L'amour ?

Elle eut l'impression de recevoir un seau d'eau froide sur la tête.

L'amour ne faisait pas partie du vocabulaire de Lucca Chatsfield. Il ne s'intéressait qu'à l'instant présent.

Comme elle, non ?

Oui, bien sûr.

Ce qu'elle cherchait c'était une aventure éphémère, qui l'aiderait à tirer un trait sur le passé et à se réapproprier sa vie. Pas un partenaire avec qui construire une relation durable et fonder une famille.

Ce qui était prévu, c'était une nuit torride avec un homme qu'elle ne reverrait sans doute jamais après le mariage de sa sœur.

Lucca lui prit le menton.

— Hé, est-ce que je t'ai perdue quelques instants ?

Elle lui adressa un sourire sensuel.

— Je suis toute à toi jusqu'à minuit, tu te souviens ?

10.

Lucca embrassa Lottie avec ardeur avant d'explorer longuement son corps, la mettant au supplice avec des caresses et des baisers redoutables, prenant un malin plaisir à la maintenir au bord du gouffre de la volupté sans l'y faire basculer.

Jusqu'à ce qu'elle le supplie d'une voix rauque de mettre fin à cette torture.

— Maintenant, Lucca. S'il te plaît…

— Préservatif d'abord.

Vibrant d'impatience, elle le regarda se préparer, puis elle retint son souffle lorsqu'il prit place entre ses cuisses. Il s'enfonça en elle avec des précautions infinies, qu'elle trouva même un peu excessives. Cependant, elle était secrètement ravie qu'il se soucie à ce point de son bien-être. Le play-boy superficiel et égoïste dont parlaient les journaux n'avait rien à voir avec cet homme attentionné qui ne pensait qu'à la combler.

— Je ne te fais pas mal ?

— Non, pas du tout.

Nouant les jambes autour de sa taille, elle l'invita à accélérer le mouvement. Leurs corps s'accordaient parfaitement, comme s'ils se reconnaissaient. Emportée dans un tourbillon de sensualité pure, elle fut balayée par un raz-de-marée qui la projeta dans une nouvelle dimension, où Lucca la rejoignit quelques instants plus tard.

Lorsqu'elle reprit ses esprits un long moment plus tard,

il écarta une mèche de cheveux de son visage d'un geste très doux.

— Ça va ?

Elle effaça du bout des doigts le pli qui creusait son front.

— Oui. C'était... incroyable.

Il captura sa main et embrassa ses doigts en plongeant son regard dans le sien.

— Oui, incroyable.

Il fallait garder les pieds sur terre, se dit-elle aussitôt. Elle n'était pas assez naïve pour croire que coucher avec elle avait été pour lui une expérience exceptionnelle. Malgré tout, peut-être l'avait-il quand même trouvée un peu différente des autres ? Avait-il eu comme elle le sentiment que leurs corps se reconnaissaient ?

S'était-il demandé si cette nuit au lieu de rester unique pouvait avoir des prolongements ?

Stop ! Pas question de laisser ses pensées vagabonder dans cette direction.

Elle eut un sourire enjoué.

— En tout cas, à l'avenir je n'aurai plus besoin de simuler. Mes futurs amants t'en seront éternellement reconnaissants.

Lucca s'écarta d'elle.

— Je croyais que les princesses comme toi étaient censées trouver un mari, pas collectionner les amants.

Elle roula sur le ventre et appuya le menton sur ses mains croisées.

— Je pense que j'aurais intérêt à varier les expériences avant de fixer mon choix. Pour me faire une idée précise de ce que j'attends d'un amant.

Il y eut un long silence avant que Lucca se retourne pour lui jeter un coup d'œil par-dessus son épaule.

— Pourquoi pas.

— Tu pourrais peut-être me suggérer quelqu'un. Le propriétaire de la boîte de nuit m'a semblé...

— Non, coupa-t-il sèchement.

Puis il se leva, ramassa son pantalon et l'enfila avec un agacement manifeste.

— Que se passe-t-il ? demanda-t-elle.

Il ramassa sa chemise et la garda à la main.

— Ecoute-toi. Un orgasme et tu es prête à coucher avec tous les hommes qui s'intéresseront à toi ?

— Pas un, deux orgasmes.

Il passa la main dans ses cheveux.

— Je savais que c'était une erreur.

Elle se leva et s'enveloppa dans le drap.

— Je ne vois pas où est le problème. J'ai parfaitement le droit de coucher avec qui je veux. Tu as eu des tonnes de maîtresses. Je n'ai eu que deux amants. J'ai envie de rattraper le temps perdu. A vingt-trois ans je n'ai eu que deux orgasmes à part ceux que je… bref, passons, ce n'est pas la même chose.

— Rattrape-le avec moi.

Elle arqua les sourcils.

— Pardon ?

— Rattrape le temps perdu avec moi.

Il lança sa chemise sur la bergère.

— Tu pourrais avoir une relation avec moi. Jusqu'à ce que le mariage de ta sœur soit terminé.

— Tu viens vraiment de dire « relation » ?

— Aventure. Je voulais dire une aventure.

Elle feignit de réfléchir.

— Je ne sais pas… Rien ne me prouve que ta proposition n'est pas intéressée.

— Intéressée ?

— Oui. Après tout, avoir une aventure avec une princesse présente des avantages. Ça peut ouvrir des portes.

Lucca jura en italien.

— Tu crois vraiment que je veux avoir une aventure avec toi par intérêt ?

Elle arqua les sourcils d'un air innocent.

— Pour quelle autre raison ?

Il la saisit fermement par les épaules.

— Je vais te montrer, dit-il avant de capturer sa bouche.

Lucca se réveilla après un long sommeil. Il était encore dans le lit de Lottie, constata-t-il en ouvrant les yeux. Elle était blottie contre lui, la joue sur son torse et la main sur son ventre. Il suffirait qu'elle la déplace de quelques centimètres pour que… A cette pensée, il fut assailli par une bouffée de désir.

Il n'avait jamais passé la nuit dans un autre lit que le sien. Il n'avait jamais passé la nuit avec personne, point. Pourtant il était 6 heures et il n'avait qu'une envie : s'enfoncer dans le cœur brûlant de sa féminité et oublier tout ce qui n'était pas ce désir qui le consumait quand il était avec elle.

Parce que c'était du désir.

Rien de plus.

Il avait une libido exigeante. Depuis son adolescence, il n'avait pas dû vivre plus de deux jours d'abstinence. Voilà pourquoi cette aventure était la bienvenue. Et ce n'était pas la seule raison. Hier il avait reçu un e-mail de Giatrakos. La nouvelle de sa liaison avec la princesse Charlotte de Preitalle avait entraîné une augmentation des réservations dans les hôtels Chatsfield du monde entier, à l'exception de celui de Monte-Carlo, pour cause de quarantaine. Apparemment, l'idylle entre la princesse guindée et le séducteur impénitent avait eu un impact beaucoup plus important sur l'image et les résultats du groupe que toutes les campagnes publicitaires effectuées jusque-là.

Lucca sentit Lottie remuer. Elle se blottit plus étroitement contre lui et referma la main sur sa virilité.

— C'est pour moi ça ? demanda-t-elle d'un ton mutin.

Transpercé par une flèche de désir, il la fit rouler sur le dos, enfila un préservatif et plongea en elle avec délectation. S'emparant de sa bouche, il l'embrassa tout son soûl, tout en l'emportant dans un nouveau maelström de passion.

Lorsqu'ils eurent repris leur souffle, elle demanda d'une voix alanguie :

— C'est toujours aussi fort pour toi ?

Il garda les yeux fermés.

— Non, pas toujours.

— Qu'est-ce qui entre en jeu ?

Toi, avant tout. Il repoussa aussitôt cette pensée et se leva pour jeter le préservatif.

— Des tas de choses.

— Par exemple ?

— La consommation d'alcool, le décalage horaire, l'humeur...

Elle se leva à son tour et réprima une grimace de douleur.

— Lottie ?

Il posa la main sur son bras.

— Tu as mal ?

— Non, ça va.

Devant son sourire crispé, il eut un pincement au cœur. C'était sa faute. Il devrait brider sa passion quand il lui faisait l'amour... Il lui effleura le menton.

— Tu as la peau irritée par ma barbe. Je devrais me raser plus souvent.

— Ce n'est rien. Je mettrai du fond de teint.

Il déposa un baiser sur son front.

— Un bain chaud pourrait te faire du bien également. Tu veux que je t'en fasse couler un ?

— Ce serait bien, oui.

Quelques minutes plus tard, assis sur le rebord de la baignoire Jacuzzi, Lucca regardait Lottie jouer avec les bulles de savon.

— Il y a une éternité que je n'avais pas pris un bain moussant. J'avais oublié à quel point c'est amusant.

Elle prit une poignée de bulles et souffla dessus, dans sa direction.

— Mais ce serait encore plus amusant si tu étais dans la baignoire avec moi. Il y a largement la place. Tu viens ?

— Non, il vaut mieux que nous faisions une petite pause, pour ménager ton corps.

Elle eut un sourire timide.

— Est-ce que tu fais couler des bains moussants à tes autres maîtresses ?

— Non. Mais un jour j'ai participé à une orgie dans une baignoire.

— C'était amusant ?

— Pas particulièrement.

Lottie plongea son regard dans celui de Lucca.

— Pourquoi utilises-tu le sexe comme un exutoire, alors que tu es un artiste aussi talentueux ? Pourquoi ne pas mettre cette énergie dans le dessin et la peinture ?

Il se leva.

— Tu ferais mieux de ne pas rester trop longtemps dans l'eau. Sinon tu vas être toute fripée comme un pruneau.

— Pourquoi ne cultives-tu pas davantage ton talent ? Pourquoi le caches-tu à tout le monde ?

— Des artistes talentueux, il y en a plein les rues dans toute l'Europe. Tu n'as pas vu ceux qui étaient devant le restaurant, l'autre soir à Nice ?

— Pourquoi ne fais-tu pas comme eux ? Ça permettrait au moins aux gens de voir tes œuvres.

Il eut un petit rire de dérision.

— Oh ! oui, j'imagine déjà les titres. « L'héritier de la chaîne Chatsfield, peintre du dimanche, vend ses œuvres dans la rue aux touristes de la Côte d'Azur. »

— Tu ne crois pas en ton talent, commenta-t-elle, visiblement effarée.

Il haussa les épaules. Il connaissait ses limites. Il savait à quel point il était difficile de mettre un pied dans le monde de l'art. L'argent et le charme ne servaient à rien dans ce domaine…

Fuyant le regard perplexe de Lottie, il annonça :

— Je vais voir où en est la quarantaine. Le directeur

aurait dû m'appeler il y a une heure pour me donner les dernières nouvelles.

— Je poserai pour toi.

Il s'immobilisa sur le seuil de la salle de bains et se retourna vers Lottie. Debout dans une mare de bulles, une main devant les seins, l'autre masquant le triangle de sa féminité, elle évoquait *La Naissance de Vénus* de Botticelli…

Il sentit sa gorge se nouer. Elle était tout ce qu'il n'était pas. L'innocence et la beauté. La confiance et l'honnêteté. La délicatesse et la sincérité.

— Je veux que tu me dessines, Lucca.

— Je l'ai déjà fait.

— Pas comme ça.

Elle laissa retomber ses mains. Il promena sur elle un regard ébloui. Elle n'avait jamais été aussi belle. Comment pourrait-il ne pas avoir envie de la dessiner ? De capter l'essence de ce corps qui racontait une histoire n'appartenant qu'à eux. Que personne d'autre ne pourrait comprendre et que lui-même découvrait seulement. Page par page. Chapitre par chapitre. Mot par mot.

— Pourquoi ?

— Parce que je veux voir comment tu me vois.

— Je n'ai jamais dessiné de nu.

— Justement. Ce sera encore plus spécial. Ce sera juste entre nous. Personne d'autre ne le verra. Ce sera complètement privé.

Il se frotta la nuque.

— N'est-ce pas toi qui as dit que l'art devait être partagé ?

— Il sera partagé.

Elle sourit et ses fossettes creusèrent ses joues.

— Par nous.

— Je peux regarder, maintenant ? demanda Lottie, le lendemain après-midi.

— Non. Ne bouge pas, pendant que je capte l'angle de la lumière qui tombe sur ton épaule.

— Mais j'ai froid.

— Hé, mon cœur, c'est ton idée, rappelle-toi.

Il se concentra de nouveau sur sa peinture.

Lottie n'avait pas vraiment froid, mais elle mourait d'envie de voir ce qu'il avait peint. La quarantaine avait été levée et ils devaient regagner l'île le lendemain. Elle avait passé des journées merveilleuses en compagnie de Lucca. Jamais elle n'avait été aussi heureuse avec quelqu'un. Le Lucca privé était si différent du Lucca public. Elle ne se faisait aucune illusion, bien sûr. Leur relation — leur aventure — se terminerait à l'instant où Madeleine et Edward quitteraient l'hôtel Chatsfield dans leur voiture de jeunes mariés.

Mais au moins elle garderait quelque chose de lui. Son portrait d'elle lui rappellerait le premier engagement envers quelqu'un pour plus de quelques heures.

— Voilà, dit-il en se redressant sur son siège. Il a encore besoin de quelques retouches, mais je les ferai à Preitalle. Il faut attendre que ça sèche avant d'ajouter des détails.

Lottie sortit de la baignoire, s'essuya rapidement les pieds sur une serviette et le rejoignit pour regarder par-dessus son épaule.

— Je ressemble vraiment à ça ?

Il fronça les sourcils.

— Qu'y a-t-il ? Il ne te plaît pas ?

Visiblement, il masquait son anxiété sous une certaine brusquerie, comprit-elle. Elle considéra longuement le tableau.

— Je pense que tu aurais pu mieux réussir mes seins.

— Que veux-tu dire ? s'exclama-t-il avec une irritation manifeste. J'ai passé un temps fou sur tes seins. Ils sont parfaits.

Elle lui donna une petite tape sur le bout du nez avec un sourire malicieux.

— Je t'ai bien eu. Tu es tellement susceptible.

— Petite peste.

Il la saisit par les hanches et l'attira vers lui. Refermant les lèvres sur la pointe de son sein droit, il l'aspira avec gourmandise.

Elle baissa les yeux sur ses cheveux bruns et y enfonça les doigts en humant le parfum du shampoing Chatsfield. Son cœur se serra. Pourrait-elle un jour sentir un mélange de cèdre, de cuir, de rose blanche et de lavande sans penser à lui ?

Il aspira la pointe de l'autre sein pour la lécher et la mordiller. Une de ses mains quitta la hanche pour se glisser entre les cuisses et elle fut submergée par une vague de désir. Elle ondula du bassin contre sa main, de plus en plus vite.

— Nous sommes censés faire une pause, rappela-t-il.

— Nous avons déjà fait une pause.

— Non.

Il retira sa main avec un sourire contrit.

— Arrête de me tenter, petite fille. Tu ne sais pas que les créatifs se laissent facilement distraire ?

— J'aime te distraire.

Elle traça le contour de ses lèvres du bout des doigts.

— Tu es si concentré quand tu peins. Des rides creusent ton front et tu as un air bougon. Un peu comme Beethoven.

Il laissa échapper un petit rire d'autodérision.

— C'est un côté de moi que personne d'autre ne voit. Dieu merci.

Elle posa les mains sur ses épaules et plongea le regard dans le sien.

— Tu es quelqu'un de bien, Lucca Chatsfield. Ne laisse jamais personne dire le contraire.

— N'essaie pas de me faire passer pour un ange, petite princesse. Je suis pourri jusqu'à la moelle.

— Je n'en crois pas un mot.

11.

La presse les attendait à l'héliport, lorsqu'ils atterrirent à Preitalle le lendemain, mais pour une fois, Lottie ne fut pas effarouchée par la foule ni par les flashes. Son corps vibrait encore du plaisir que Lucca et elle s'était donnés mutuellement pendant la nuit et sous la douche le matin même, avant leur départ du Chatsfield de Monte-Carlo. Etre choyée par la presse était une expérience toute nouvelle, et elle la savoura tandis que Lucca l'entraînait jusqu'à la voiture qui les attendait. Il répondit avec son charme et son humour coutumiers aux questions des journalistes, y compris celle concernant un deuxième mariage royal.

— Commençons d'abord par le premier, déclara-t-il avec un sourire désinvolte.

Madeleine, cependant, n'appréciait pas tant que ça l'engouement des journalistes pour le couple Lottie-Lucca. Dès que ce dernier fut parti pour l'hôtel, elle prit sa sœur à part.

— Tu te rends compte de ce que tu fais ?

— Je sors et je vis, comme tu me l'as conseillé.

— Ta liaison avec Lucca Chatsfield détourne l'attention des médias et du public de mon mariage. Pas un seul objectif n'a été braqué sur moi à l'instant sur le perron. Et personne ne m'a parlé. Les photographes n'arrêtaient pas de vous mitrailler, Lucca et toi, comme si c'étaient vous qui étiez sur le point de vous marier et non pas Edward et moi.

— C'est toi qui as eu l'idée de le faire venir ici, rappela Lottie.

— Il est censé t'aider à préparer le mariage.

— C'est ce qu'il fait. Il est chargé d'organiser l'enterrement de vie de jeune fille. Ce sera très amusant. Tu verras.

Madeleine, toujours renfrognée, suivit Lottie dans son bureau.

— Tu n'es pas réellement amoureuse de lui ?

Lottie posa son portable sur le bureau, à côté de l'ordinateur. Lucca lui envoyait des textos très chauds pour lui expliquer ce qu'il avait l'intention de lui faire quand ils se retrouveraient enfin en tête à tête. Chaque nouveau message décuplait son trouble. Elle éteignit l'écran afin que sa sœur ne puisse pas lire le dernier.

— Non, bien sûr que non, répondit-elle. Mais je l'aime bien. Il est drôle. Il me fait beaucoup rire.

Madeleine eut un grognement dédaigneux.

— Il n'est pas amoureux de toi, même s'il fait comme si. Il se sert juste de toi pour passer le temps jusqu'à ce qu'il touche sa rente.

Le cœur de Lottie se serra douloureusement. Elle savait que Lucca n'était là que pour l'argent de sa famille et qu'il était déterminé à toucher ce qu'il estimait être son dû. Cependant, elle ne supportait pas qu'on le lui rappelle. Surtout sa sœur, qui avait trouvé un homme qui l'aimait sans réserve.

— Je sais ce que je fais.

— Je ne veux pas que mon mariage soit gâché par quoi que ce soit. Tu as failli semer la pagaille à mon vingt et unième anniversaire à cause de ton aventure stupide avec ce fils de diplomate. J'espère que tu ne vas pas laisser l'histoire se répéter.

Lottie eut l'impression de recevoir une gifle. Et elle ? Et sa détresse quand elle avait été trahie ?

— Si tu as tellement peur que je gâche ton mariage, pourquoi m'as-tu demandé de l'organiser ?

— Parce que j'avais pitié de toi.

Cette déclaration résonna dans la pièce comme l'explosion d'une grenade. Lottie déglutit péniblement. « Pitié. » La chose qu'elle détestait le plus au monde.

— C'est pour la même raison que tu as accepté que Lucca vienne ici ? Pour pimenter un peu ma vie sociale pathétique ?

Sa sœur darda sur elle un regard dur.

— Fais ce que tu veux avec lui, mais évite que ça fasse les gros titres, d'accord ? C'est le jour le plus important de ma vie. Je ne veux personne sur le devant de la scène à part moi.

Lucca sut que Lottie était bouleversée dès qu'elle pénétra dans le bar du Chatsfield, où il lui avait donné rendez-vous. Ça ne se voyait pas à son visage, mais à sa démarche raide. Il lui avança une chaise.

— Tu sembles avoir besoin de quelques cocktails au champagne pour te détendre.

Elle évita son regard.

— Excuse-moi pour mon retard.

— Deux minutes ce n'est pas du retard.

Il effleura sa joue du bout des doigts.

— Sauf quand on tient absolument à tout contrôler, n'est-ce pas ?

Elle eut un sourire crispé.

— Ma sœur est en colère contre moi.

Il lui prit le menton pour l'obliger à le regarder.

— Pourquoi ? Elle n'a pas aimé la lingerie ?

— Elle ne supporte pas que notre aventure lui vole la vedette.

Lucca sentit son estomac se nouer. Voulait-elle mettre un terme à leur relation avant la date prévue ? Et alors ? se dit-il aussitôt. Quelle importance ? Il y avait des tas de femmes qui seraient ravies de prendre la place dans son lit.

— Tu n'as pas droit à ta part de lumière ?

Lottie poussa un profond soupir.

— Quoi que je fasse, ça ne lui convient pas. Pendant

des années elle m'a exhortée à sortir davantage. A présent que je sors et que je m'amuse, elle veut que je sois plus discrète.

— Tu n'as jamais songé à lui dire de se mêler de ses affaires ?

Lottie esquissa un sourire.

— Il faudrait que je boive une ou deux vodkas d'abord.

— Pourquoi as-tu peur de lui tenir tête ?

— Je ne sais pas. Sans doute parce qu'elle ne commet jamais d'impair. Ça doit être fantastique de traverser la vie sans jamais faire la moindre erreur.

Lucca réprima un soupir. Il n'aimait pas trop se remémorer ses erreurs. Elles étaient trop nombreuses…

Il se frotta le menton.

— Tu veux aller dans un endroit plus tranquille ?

Une lueur familière qui l'électrisa s'alluma dans les yeux de Lottie.

— Qu'as-tu à l'esprit ?

Il la prit par la main et la hissa sur ses pieds.

— J'ai un portrait à te montrer.

Lottie tenait dans ses mains le portrait que Lucca avait fait d'elle. Il n'était pas plus grand qu'une carte postale, cadre compris.

— C'est beau…

Elle promena son doigt sur le cadre doré.

— Je ne crois pas avoir jamais reçu quelque chose de plus beau. Merci.

Lucca eut un de ses haussements d'épaules désinvoltes.

— Dis-toi que tu as de la chance. Tu es la première femme à qui je fais un cadeau.

Elle posa le tableau sur la coiffeuse, tout en l'observant à la dérobée dans le miroir.

— Que vas-tu faire de celui où je suis dans le parc ?

— Le ranger quelque part, sans doute.

— Je pense que tu devrais le montrer à une grande

galerie de Londres ou de New York. Organiser une exposition. Ce serait un moyen de lancer ta carrière. Pour un artiste, faire le portrait d'un membre d'une famille royale est toujours…

— Non.

— Pourquoi ? A quoi bon peindre des tableaux aussi délicats pour les cacher au fond d'un tiroir comme si tu en avais honte ?

La mâchoire de Lucca se crispa.

— Ma peinture, c'est privé. Et je veux que ça le reste.

— Pourquoi ?

— Parce qu'il n'y a rien d'autre de privé dans ma vie.

— Mais je croyais que tu aimais vivre dans la lumière. Tu sembles prendre plaisir à faire de la provocation. Tu m'as dit que c'était ton image de marque.

Il passa nerveusement la main dans ses cheveux.

— Laisse tomber, *cara*. Je ne veux pas faire carrière dans la peinture.

— Que veux-tu, Lucca ?

Il détourna les yeux.

— Tu le sais. Je veux ma part de l'argent familial.

Elle se leva du siège de la coiffeuse et le rejoignit.

— Tu as eu de l'argent toute ta vie et ça ne t'a pas rendu heureux.

— Qu'est-ce qui te fait penser que je ne suis pas heureux ?

— Les gens heureux ne passent pas leur temps à provoquer des scandales.

Un sourire moqueur étira les lèvres de Lucca.

— Tu devrais te faire rembourser ce diplôme de psycho. Il ne vaut rien. Mais parlons de choses plus sérieuses. Il reste deux semaines avant le mariage de ta sœur. Notre histoire a la cote et si elle se terminait maintenant ça décevrait beaucoup de gens. Ça ne serait pas bon non plus pour le mariage de ta sœur. Et bien sûr ça me priverait de ma rente. Mais bon, je te laisse le choix. Moi, ça m'est égal.

Lottie se mordit la lèvre. Cela lui était égal ? Ne

comptait-elle donc pas du tout pour lui ? N'était-elle qu'une maîtresse parmi d'autres ?

Il mériterait qu'elle décide d'arrêter.

Mais elle ne pouvait pas.

Ça nuirait en effet au mariage de Madeleine.

Et de toute façon, elle n'avait aucune envie d'arrêter.

Elle sentit son cœur se serrer. Admettre ses sentiments était dangereux. Ça l'incitait à caresser des rêves impossibles. Lucca et elle ensemble, pas pour deux semaines mais pour toute la vie. Mariés. Fondant une famille à qui ils offraient l'amour et la sécurité qui avaient cruellement manqué à Lucca pendant son enfance. Des chimères... Rien d'autre. C'était le problème quand on tombait amoureuse d'un homme qui ne croyait pas à l'amour.

— Je ne veux pas prendre le risque de gâcher le mariage de Madeleine et d'Edward.

Lucca hocha la tête.

— Très bien.

Il posa la main sur la joue de Lottie et plongea son regard dans le sien.

— Tu es belle, petite princesse.

— Je ne m'étais jamais sentie belle avant de te rencontrer.

Il cala une mèche de cheveux derrière son oreille.

— Il faut que je descende à la réception. Il y a un problème de personnel dont le directeur général de mon père veut que je m'occupe.

Etait-ce un effet de son imagination ou bien sa voix était-elle plus rauque et plus profonde qu'à l'accoutumée ? se demanda-t-elle.

Il avait atteint la porte quand elle retrouva sa propre voix, rauque également.

— Lucca ?

Il la regarda par-dessus son épaule.

— Oui ?

— Merci...

— Pour ?

— Juste... merci.

Il lâcha la poignée de la porte et plissa le front.

— Lottie, tu es consciente que notre… aventure prendra fin avec mon départ d'ici, n'est-ce pas ?

Elle dut faire un immense effort pour garder un visage serein.

— Bien sûr. Comment pourrait-il en être autrement ? Je vis ici. Tu vis en Angleterre. Les relations à distance, ça ne marche jamais.

— Bien. Je suis heureux que les choses soient claires.

— Tu n'as pas changé d'avis ?

— Mon Dieu, non.

Lucca laissa échapper un petit rire qui broya le cœur de Lottie.

— Je suis surpris d'avoir tenu aussi longtemps.

— Tu ne t'ennuies pas encore à mourir ?

Il eut un sourire crispé.

— Curieusement, non. Et toi ?

— Couci-couça.

Il arqua les sourcils d'un air interloqué. Puis il pouffa.

— Petite espiègle !

Il la rejoignit, la souleva de terre et la porta jusqu'au lit.

— Et ce problème de personnel ? demanda-t-elle.

Il la déposa sur le lit et s'allongea sur elle, les yeux étincelants.

— J'ai quelque chose de plus urgent à faire ici.

12.

Le matin du mariage, le soleil brillait dans un ciel sans nuage après deux semaines de mauvais temps, pendant lesquelles Lottie avait patiemment écouté chaque jour les lamentations de Madeleine. La pluie gâcherait son mariage. Ses cheveux friseraient. Son maquillage coulerait. Les photos seraient ratées à cause de tous les parapluies, blablabla…

Par égard pour sa sœur, elle avait par ailleurs poursuivi sa relation avec Lucca dans la discrétion. Ce qui lui avait donné encore plus de piment. Les rendez-vous secrets et les moments volés avaient attisé leur désir.

Ils avaient travaillé en étroite collaboration pour régler les derniers détails de la cérémonie et de la réception. Lucca n'avait peut-être aucune expérience dans ce domaine, mais il était très doué pour obtenir tout ce qu'il voulait des gens. Il donnait ses ordres avec son charme habituel, si bien que tous les membres du personnel de l'hôtel et du palais faisaient volontiers des heures supplémentaires pour lui faire plaisir.

Tout le monde était d'accord pour qualifier d'inoubliable l'enterrement de vie de jeune fille. Lottie avait adoré se déguiser et elle avait dansé jusqu'à l'aube. Elle avait même pu échanger un baiser passionné derrière un caisson de basses avec Lucca venu incognito en tenue de serveur.

Cependant, même s'ils n'en avaient plus parlé, elle était douloureusement consciente que trois jours après le mariage leur relation prendrait fin. En restant tout le mois, Lucca aurait rempli les conditions imposées par le directeur général. Assuré de toucher sa rente, il retournerait à Londres et à sa vie de play-boy provocateur.

Elle avait cependant réussi à cloisonner son esprit. Lorsqu'elle était avec Lucca, elle vivait dans l'instant, savourant chaque minute de sa compagnie sans penser à l'avenir. C'était seulement lorsqu'elle se retrouvait seule que la tristesse et les regrets la submergeaient.

De son côté, s'il appréhendait la rupture imminente, il n'en laissait rien paraître.

Une fois le travail des maquilleuses et des coiffeuses terminé, Lottie prit un moment pour échanger quelques mots avec Madeleine tout en l'aidant à fixer son voile.

— Tu es splendide. Edward va être ébloui.

Madeleine posa la main sur son ventre, les traits crispés par l'anxiété.

— Je suis malade de trac. Je ne peux pas m'empêcher de penser qu'il va y avoir une catastrophe. Je vais me tordre les pieds avec mes talons aiguilles, ou bien ma robe va se déchirer dans le dos quand toutes les caméras de télévision seront braquées sur moi. Tu me trouves grosse ? Oh ! mon Dieu, et si tout le monde me trouve grosse ?

Lottie pressa la main tremblante de sa sœur.

— Tu es magnifique. Tu es une vraie princesse.

— Je n'arrive pas à croire que c'est mon mariage.

Les yeux de Madeleine se noyèrent de larmes.

— Je suis si heureuse, Lottie. Je te souhaite de trouver un homme aussi merveilleux qu'Edward. Je sais que tu le trouves ennuyeux mais il est adorable. Gentil, attentionné, affectueux.

— Je n'ai jamais dit qu'il était ennuyeux.

Lottie évita soigneusement le regard de sa sœur.

— Je sais qu'il n'a rien à voir avec Lucca Chatsfield, mais au moins il est là pour rester. Tu es consciente que

Lucca va filer à Londres dès qu'il aura empoché sa rente, n'est-ce pas ?

Lottie s'efforça d'ignorer le couteau qui s'enfonçait dans son cœur.

— J'ai toujours su à quoi m'attendre avec lui.

Jouant avec le collier de famille en diamants et perles qu'elle avait autour du cou, Madeleine jeta un coup d'œil à Lottie dans le miroir.

— Ecoute, je suis désolée pour mon attitude quand tu es revenue de Monte-Carlo…

— Ce n'est rien, répliqua Lottie en feignant de vérifier le décolleté de sa robe de demoiselle d'honneur. La presse ne s'intéresse pratiquement plus à cette histoire. Tout ce qui intéresse les gens aujourd'hui, c'est ton mariage.

— Tu n'es pas tombée amoureuse de lui, au moins ?

Lottie parvint à rester impassible.

— D'où te vient cette idée ?

— Il est très séduisant.

— Et alors ?

— Sois prudente, c'est tout.

Madeleine étudia de nouveau sa silhouette dans le miroir.

— Les hommes comme Lucca Chatsfield ne tombent pas amoureux de filles comme toi.

— Qu'est-ce qui ne va pas chez moi ? demanda Lottie avec ressentiment.

— Tu n'es pas son genre.

— Comment sais-tu quel est son genre ? Tu ne le connais pas. Tu ne sais que ce que tu as lu dans la presse. Tu ne sais pas à quel point il est intelligent. Attentionné. Doué. Tu ne le connais pas du tout.

Madeleine arqua un sourcil sceptique.

— Doué ? Pour quoi ? Le sexe ? La provocation ? Allons, Lottie. Tu n'es pas objective. Il n'est bon à rien d'autre qu'à faire passer des bons moments aux filles.

Lottie pinça les lèvres. Il voulait garder sa peinture secrète. Elle respecterait son souhait.

— Il faut y aller. Le photographe veut faire quelques

clichés supplémentaires avant que nous partions pour la cathédrale.

Lucca avait envisagé de ne pas aller au mariage, mais il avait changé d'avis au dernier moment. Entre la crainte que tout ne se déroule pas comme prévu et son rôle de demoiselle d'honneur, Lottie serait forcément stressée. Il valait mieux qu'il soit présent au cas où.

Et ça n'avait rien à voir avec une quelconque envie de passer le plus de temps possible avec elle avant son départ. Il était prêt à rentrer à Londres une fois sa mission d'un mois terminée. Dès qu'il aurait l'assurance de toucher son argent, il partirait.

Plus que trois jours et il aurait ce qu'il voulait.

Devant la cathédrale une foule immense était massée, parmi laquelle de nombreux paparazzi. Comme il fallait s'y attendre… Il avait déjà préparé quelques boutades en réponse aux éventuelles questions sur sa présence à un mariage, lui que se vantait d'être allergique à ce genre de réjouissances.

— Lucca Chatsfield.

Un journaliste se dirigea vers lui, micro en main.

— Un nu de la princesse Charlotte fait sensation en ce moment même sur internet. Selon certaines rumeurs, vous seriez l'auteur du tableau. Avez-vous un commentaire à faire ?

Lucca eut l'impression de recevoir un coup dans l'estomac. Comment ce portrait pouvait-il se retrouver en ligne ? Et le jour du mariage ! Lottie allait être effondrée. Elle allait se sentir humiliée. Trahie. Par lui…

Un autre journaliste surgit devant lui. Puis un autre, et un autre… Il se retrouva adossé au mur de la cathédrale, cerné par une forêt de micros.

— Un critique d'art londonien affirme que le portrait est l'œuvre d'un grand artiste. Qu'avez-vous à dire à cela ?

Les questions lui étaient lancées de toutes parts, comme autant de flèches empoisonnées.

— Depuis quand peignez-vous ?

— Une exposition est-elle prévue ?

— Quel est le prix de départ du portrait de la princesse ?

— Quelqu'un en offre trois millions de livres. Allez-vous accepter ?

Lucca écarta les micros d'un geste rageur.

— Laissez-moi passer.

— La princesse sait-elle que vous avez partagé son portrait avec le monde entier ?

— Voici la famille et les amis des mariés, annonça un photographe.

Les paparazzi se ruèrent aussitôt vers les carrosses noirs et or tirés par des chevaux blancs, qui arrivaient au son des trompettes.

Lucca avait l'impression qu'un étau se resserrait autour de sa poitrine. Lottie se trouvait dans le premier carrosse avec trois autres demoiselles d'honneur. Plus belle que jamais. Son univers était sur le point de voler en éclats et il n'y avait aucun moyen de la protéger. Ni même de la prévenir avant que les journalistes se jettent sur elle comme des hyènes.

Il n'avait jamais éprouvé un tel dégoût de lui-même. Non seulement il avait détruit sa vie, mais il avait gâché le mariage de sa sœur pour lequel elle avait tant travaillé.

Il avait détruit, souillé sa réputation.

Il avait anéanti l'estime qu'elle lui avait peu à peu accordée au cours des trois dernières semaines.

Désormais elle allait le haïr.

Alors qu'il avait espéré…, mais qu'avait-il espéré ?

Il ne pouvait pas se permettre d'y penser. L'espoir, comme l'amour, ne faisait pas partie de son vocabulaire. Il n'était qu'un play-boy cynique.

Lottie pâlit alors qu'un journaliste lui montrait l'écran d'un Smartphone par la vitre du carrosse. Lucca sentit un goût de bile monter de sa gorge. Elle devait avoir la certitude que c'était lui l'auteur de la fuite. Mais non. Il n'avait montré ce tableau à personne. Il ne l'avait même pas pris en photo. Il n'en avait gardé aucune trace. C'était un cadeau pour elle. Rien que pour elle…

Lucca se détourna. Il ne supporterait pas de voir la haine dans ses yeux si elle le repérait dans la foule. Il fallait qu'il quitte cette île. Il ne pouvait pas rester et risquer de lui nuire encore davantage, ainsi qu'à sa famille.

— Comment as-tu pu me faire ça ? demanda Madeleine à mi-voix, alors qu'elles prenaient place sur le parvis de la cathédrale. D'abord mes vingt et un ans et maintenant mon mariage. Qu'est-ce qui t'a pris ?

Malgré le choc, Lottie gardait son sang-froid. Au fond de son cœur il y avait une certitude. Ce n'était pas Lucca qui avait mis ce portrait en ligne.

— S'énerver ne sert à rien. Reste calme. Continue à sourire. Montre-leur que rien ne peut gâcher le plus beau jour de ta vie.

Madeleine était au bord des larmes.

— Tu l'as fait exprès ? Tu as toujours été jalouse de moi. C'est pour ça que tu as choisi le jour le plus important de ma vie ?

— Ce n'est pas moi. Et ce n'est pas Lucca non plus.

Madeleine faillit s'étrangler.

— Espèce d'idiote ! Bien sûr que si c'est lui. Pour quelle autre raison aurait-il eu une aventure avec toi ? Il voulait provoquer un scandale et il a réussi. Il a complètement gâché mon mariage.

— Rien n'est gâché.

Il était un peu surprenant qu'elle ne soit pas plus affectée, mais tant mieux, songea Lottie. Après tout, quelle importance si son corps nu s'étalait dans toute la presse ? Elle était fière de la façon dont Lucca l'avait peinte. C'était un beau portrait. Intime mais pas malsain. Il l'avait peinte avec son consentement, puis lui avait offert le portrait comme une part de lui-même.

Mais avant de pouvoir parler à Lucca, il fallait accompagner Madeleine, comme prévu.

Lottie prit sa sœur par le bras et l'amena à leur père, qui attendait patiemment d'escorter sa fille aînée jusqu'à l'autel.

— Nous allons entrer dans la cathédrale et tu vas concentrer ton attention sur Edward.

— C'est ton corps nu qui va être partout dans la presse à la place de mes photos de mariage !

— Tu es tellement superbe que même si toutes les demoiselles d'honneur et tous les membres de la congrégation se mettaient entièrement nus, personne ne s'en apercevrait. C'est le plus beau jour de ta vie. Rien ni personne ne peut le gâcher à moins que tu ne le permettes. Maintenant, il faut y aller. Nous avons déjà quarante minutes de retard. Le pauvre Edward va penser que tu l'as plaqué.

Madeleine prit une profonde inspiration.

— Tu as sans doute raison.

La cérémonie commença. Où se trouvait Lucca ? Elle ne l'avait pas aperçu dans la foule, mais il était vrai qu'elle n'avait pas mis ses lunettes pour ne pas gâcher les photos du mariage. S'il se trouvait à plus de deux mètres, elle n'avait aucune chance de le reconnaître…

Au moment de la signature du registre, elle se tourna vers un garçon d'honneur qu'elle avait vu discuter avec Lucca à la répétition la veille. Apparemment, ils s'étaient connus à Cambridge quelques mois avant le renvoi de Lucca.

— Adam, sais-tu où est Lucca ? Je ne l'ai vu nulle part.

— Je lui ai envoyé un texto avant la cérémonie pour savoir s'il connaissait les raisons de votre retard. Il m'a juste répondu qu'il partait.

Le cœur de Lottie se serra.

— Il partait ? Tu veux dire qu'il quittait l'île ?

— Apparemment.

Lottie était au comble de la stupéfaction. S'il partait avant la fin du mois, il perdrait sa rente. Il ne pouvait pas être parti… Elle jeta un coup d'œil à sa montre. Vu le nombre de gens concernés, la signature du registre allait encore se prolonger au moins un quart d'heure. Ensuite, il y avait la séance de photos officielles au palais, qui durerait une heure et demie. Deux si Madeleine éprouvait le besoin de se faire recoiffer et remaquiller. Lucca serait parti depuis longtemps… Il fallait qu'elle parvienne à l'intercepter avant. Avait-il décidé de partir à cause du portrait ? Mais pourquoi ? Ne prenait-il pas cette histoire à la légère comme tout le reste ?

Lottie confia à Adam son bouquet ainsi que celui de la mariée, dont elle était chargée pendant que Madeleine signait le certificat de mariage.

— Tu veux bien me garder ça pendant quelques minutes ? J'ai quelque chose à vérifier.

Adam prit les bouquets d'un air inquiet.

— Ça ne veut pas dire que je serai le prochain à me marier, j'espère ?

Lucca ferma sa valise, le cœur lourd. Il n'avait jamais eu l'intention de faire souffrir Lottie. Il n'avait jamais eu l'intention de faire souffrir qui que ce soit, mais malheureusement c'était ce pour quoi il était le plus doué. Faire souffrir les autres. Lottie était sa dernière victime en date. Sa réputation serait irrémédiablement ruinée après cet épisode. Son aventure avec lui resterait dans l'histoire comme le scandale qui avait gâché le mariage de sa sœur. Ce mariage qu'elle avait préparé avec tant de soin. Il n'y avait aucun moyen de réparer le tort qu'il lui avait causé. Lui présenter des excuses serait une perte de temps. Elle ne croirait jamais que ce n'était pas lui qui avait mis ce portrait en ligne. Il ne savait même pas qui blâmer… à part lui-même. Il l'avait stupidement exposée au ridicule.

Des coups frappés à la porte rappelèrent à Lucca qu'une voiture l'attendait pour le conduire au port. Il avait décidé de ne pas prendre l'hélicoptère. Trop bruyant. Pas question de perturber davantage le mariage. Il ouvrit la porte et resta un instant sans voix.

— Lottie ?

— Il fallait que je te voie.

— Que fais-tu ici ?

Elle entra dans la pièce.

— Adam Brightman m'a dit que tu partais.

Lucca laissa la porte ouverte. Lottie ne resterait pas longtemps. Elle était venue l'écorcher vif. Il le méritait. Mieux valait en finir le plus vite possible.

— Je crois que j'ai causé suffisamment de dégâts ici. Inutile que je m'attarde pour être témoin des retombées.

— Je sais que ce n'est pas toi qui as mis le portrait en ligne.

— Vraiment ?

— Je te connais, Lucca. Tu aimes peut-être rire et te moquer de tous ceux qui prennent la vie un peu trop sérieusement, mais tu ne ferais jamais souffrir délibérément quelqu'un à qui tu tiens.

— Tu penses que je tiens à toi ? plaisanta-t-il d'un ton moins désinvolte que d'habitude.

— Tu tiens plus à moi qu'à ta rente, sinon tu n'aurais pas décidé de partir.

Il haussa les épaules.

— Je ne veux pas de l'argent de ma famille.

Il fit une pause avant d'ajouter :

— J'ai reçu une offre pour ton portrait. Trois millions de livres. Pas mal pour un amateur, ncn ?

— Tu ne le vendras pas. De toute façon, tu ne peux pas. Je l'ai toujours et je ne te le rendrai pas.

— Qui l'a pris en photo à ton avis ? Tu as une idée ?

— Je ne sais pas. Sans doute une femme de chambre. D'habitude je le garde dans mon tiroir, mais il y a quelques jours je l'ai laissé sur la coiffeuse le temps d'accompagner Madeleine à l'essayage de la robe.

— Ta sœur doit être furieuse.

— Au début elle l'était, oui, mais elle a tout oublié

depuis qu'elle sait que la presse la considère comme la plus belle mariée depuis la princesse Grace de Monaco.

Lucca passa la main dans ses cheveux.

— Mon Dieu, quelle pagaille je sème ! Il suffit que je regarde quelqu'un pour lui nuire.

Lottie posa la main sur son bras.

— S'il te plaît, attends que le mariage soit terminé pour partir. Reste le mois entier, comme prévu.

Il s'écarta d'elle et se dirigea vers la fenêtre.

— Je me moque de l'argent, déclara-t-il en regardant le ferry qu'il avait réservé arriver au port. Aucune somme d'argent ne compensera jamais le fait d'avoir grandi sans mère ni d'avoir un père qui préfère la compagnie d'une bouteille à celle de ses enfants.

Il se tourna vers elle.

— Il y a trois semaines, mettre la main sur cette rente était mon objectif principal. Mais aujourd'hui…

La gorge nouée, il déglutit péniblement. A quand remontait la dernière fois où il avait été étranglé par l'émotion ?

— Ta confiance… Le fait que tu sois venue ici pour me dire que tu savais que je ne t'avais pas trahie, c'est beaucoup plus important pour moi que tout l'argent du monde.

Les yeux de Lottie se mouillèrent.

— Tu le penses vraiment ?

Il la rejoignit et lui prit les mains. Comme il aimait tenir ses petites mains délicates dans les siennes…

— C'est la première fois que je rencontre une femme aussi belle à l'intérieur qu'à l'extérieur.

Une moue d'autodérision étira les lèvres de Lottie.

— Flatteur.

— Je suis sérieux, *cara*. Tu es la personne la plus belle que je connaisse et je souhaite passer ma vie avec toi.

Lottie écarquilla les yeux.

— Tu as bien dit… ta vie ?

Il l'attira plus près de lui.

— Je te demande de m'épouser.

Elle resta bouche bée.

— Combien de vodkas as-tu bues ?

Il pouffa.

— Suis-je vraiment si peu crédible ? J'essaie de te dire que je t'aime.

— Comment peux-tu m'aimer ?

— Comment pourrais-je ne pas t'aimer ? Je pense que je suis tombé amoureux de toi dès le premier instant où je t'ai vue.

Il lui prit le visage à deux mains.

— Il m'a fallu tout ce temps pour en prendre conscience. Tu me rends meilleur. Je me sens meilleur quand je suis avec toi. Epouse-moi, *tesoro mio*. Sois ma petite princesse aujourd'hui et pour toujours.

Elle lui sauta au cou.

— Oh ! Lucca, je n'arrive pas à y croire ! Je t'aime tellement ! J'étais déchirée à l'idée que tu allais partir, mais je ne voulais pas être une de ces femmes crampons qui refusent d'accepter qu'une aventure est terminée.

Il eut un sourire malicieux.

— Tu considères notre relation comme une aventure ?

Des larmes perlèrent aux paupières de Lottie.

— Oh ! Lucca… Sommes-nous vraiment fiancés ?

— Bien sûr.

Elle refoula ses larmes.

— Je ne suis pas censée pleurer. Mon maquillage va couler et je vais ressembler à un panda. Madeleine va être furieuse si je…

Elle porta ses mains à ses joues.

— Oh ! mon Dieu ! Il faut que je retourne à la cathédrale ! J'ai laissé Adam avec les bouquets. Les photos doivent être finies.

Lucca lui prit la main.

— Viens. Nous allons prendre ma voiture. Elle attend en bas.

Quelques instants plus tard, Lottie bondit de la voiture en même temps qu'elle s'arrêta. Tandis qu'elle se précipitait dans la cathédrale, Lucca se gara. En revenant à pied vers la cathédrale, il sortit son téléphone de sa poche et composa le numéro de son frère. Avec un peu de chance, il allait enfin réussir à le joindre. Il comprenait ce besoin qu'avait son frère de s'échapper tout seul, dans des endroits où personne ne pouvait le joindre, mais l'instant était exceptionnel et il voulait le partager avec Orsino avant que le reste du monde apprenne la nouvelle.

— Ecoute, tu es sans doute en train d'escalader une montagne, ou de sauver des chiots, ou autre chose dans le genre, mais il faut que je te parle. Gene et Giatrakos ont décidé de s'amuser avec nous, mais ça tu le sais sans doute déjà. Sinon, j'ai une grande nouvelle. Et non, ce n'est pas une plaisanterie. C'est très sérieux. Je voulais que tu sois le premier au courant. Rappelle-moi.

Si vous avez aimé ce roman,
découvrez sans attendre le précédent roman de la saga
« L'héritage des Chatsfield » :

Scandaleuse nuit d'amour, de Lucy Monroe

Et dès aujourd'hui, tournez vite la page pour découvrir,
en avant-première, un extrait du tome 3 de votre saga
à paraître en juillet 2015 : *Un jeu si dangereux*

— Pourriez-vous regarder où vous allez, la prochaine fois ?

— Regarder où je… ?

Aidan Kelly plissa les yeux. Il arrivait d'Australie après trente-trois heures de vol et d'escales interminables. Il était épuisé, affamé, pressé, et cette gamine qui venait de le percuter osait l'accuser d'être dans son tort ?

— Je regardais où j'allais, figurez-vous. C'est vous qui aviez la tête dans votre sac.

— Je me suis écartée pour vous laisser passer et… oh, non ! Je crois que vous avez cassé mon talon.

Aidan eut un grognement dédaigneux.

— Je n'ai rien cassé du tout.

La jeune femme tordit son pied vers l'extérieur et fit descendre sa main le long de sa jambe interminable. Suivant ses mouvements des yeux malgré lui, Aidan fut assailli par une bouffée de désir inattendue. De plus en plus exaspéré, il crispa la mâchoire. Avait-elle fait ça délibérément, pour le désarmer ?

— Pas de doute, marmonna-t-elle. Il est cassé.

Aidan roula les yeux. Pas son problème.

— La prochaine fois, vous regarderez peut-être où vous allez.

Elle resta bouche bée, comme si elle n'en croyait pas ses oreilles.

— Et vous, la prochaine fois vous vous souviendrez peut-être qu'un aéroport n'est pas un champ de courses, rétorqua-t-elle d'un air hautain, en bougeant le pied avec précaution dans la sandale dont les lanières s'enroulaient autour de son mollet. Ce sont mes chaussures préférées. Ça fait des années que je les porte.

— Fascinant. Maintenant, si vous voulez bien m'excuser, je suis pressé.

Elle secoua la tête d'un air dégoûté et s'éloigna vers un siège en clopinant. Les mots « grossier », « irresponsable » et « macho typique » parvinrent distinctement aux oreilles d'Aidan. Il redressa les épaules. S'il y avait bien une qualité qu'il se flattait d'avoir, c'était le sens des responsabilités. Et il n'était pas question de laisser cette Anglaise pimbêche le rendre responsable de son talon cassé.

— Qu'avez-vous dit ? demanda-t-il d'un ton dangereusement posé en la rejoignant.

Il avait un rendez-vous important au Casino Chatsfield, et chaque minute passée avec elle le retardait…

Les lèvres de la jeune femme se mirent à trembler.

Il leva les yeux au ciel.

— Et maintenant les larmes…

Il s'interrompit et la regarda plus attentivement. Où avait-il déjà vu ce visage ? Mais non, il ne la connaissait pas. Et il n'avait aucune envie de la connaître.

— Vous êtes désagréable de nature, c'est ça ?

Avec un soupir agacé, il sortit son portefeuille de sa poche.

— Voici 50 dollars. Ça devrait suffire largement.

Elle écarquilla les yeux.

— Loin de là.

Elle releva le menton. Ses cheveux glissèrent en arrière, dégageant son visage, qu'il se surprit à admirer. Elle était très mignonne avec cet air de défi. Lèvres rose vif, pommettes hautes, longs cils noirs…

— Ces chaussures valent mille livres.

Il tressaillit. Allons bon, il était tellement occupé à la regarder qu'il en avait perdu le fil de la conversation… Se ressaisissant, il eut une moue méprisante.

— J'en doute, chérie.

— Chérie ?

— Oh ! ça va, j'ai compris. On bouscule un homme et ensuite on tente de l'escroquer. Désolé, je ne suis pas idiot.

— Escroquer ?

Elle écarquilla les yeux de plus belle. Mais pas question de se laisser fasciner. Pas question de s'attarder sur ces petits seins sexy ni sur ces longues jambes soyeuses si bien mises en valeur par un minuscule short en jean…

— Ecoutez, je ne sais pas si vous êtes une touriste fauchée ou une professionnelle, mais je n'aime pas qu'on me prenne pour un imbécile.

— Une professionnelle… ?

Elle plissa les yeux, tandis que ses magnifiques pommettes devenaient écarlates. Puis elle se redressa lentement, telle Cléopâtre sur le trône. Allait-elle le gifler ? Non, apparemment elle se ravisait. Aidan réprima une moue de dérision. Sage décision de sa part…

— Vous êtes vraiment un homme odieux.

— Rien ne me dit que votre talon n'était pas déjà cassé.

— Odieux et d'une mauvaise foi confondante, commenta-t-elle sèchement en prenant la poignée télescopique de sa valise.

De mauvaise foi, lui ? Elle allait voir ce qu'il…

— Monsieur Kelly ? Ooh, monsieur Keellly ?

Aidan se retourna, s'efforçant de contenir son irritation.

Cette voix stridente, c'était celle de l'hôtesse qui ne l'avait pas lâché un seul instant pendant ce vol infernal.

— Oh ! monsieur Kelly. Je suis si heureuse de vous avoir trouvé ! J'ai quelque chose pour vous.

Il eut juste le temps de voir la fille aux jambes interminables rouler les yeux, avant de disparaître dans la foule. Il aurait pourtant bien aimé lui dire ses quatre vérités… Frustré, il darda sur l'hôtesse un regard noir.

— J'espère pour vous que c'est important

COUP DE CŒUR

HARLEQUIN

Vous n'avez pas le temps de lire tous les romans Harlequin ce mois-ci ?

Découvrez les 4 meilleurs avec notre sélection :

COUP DE CŒUR

HARLEQUIN

www.harlequin.fr

Composé et édité par HARLEQUIN

Achevé d'imprimer en mai 2015

CPI
BLACK PRINT

Barcelone

Dépôt légal : juin 2015

Pour l'éditeur, le principe est d'utiliser des papiers composés de fibres naturelles, renouvelables, recyclables, et fabriquées à partir de bois issus de forêts qui adoptent un système d'aménagement durable. En outre, l'éditeur attend de ses fournisseurs de papier qu'ils s'inscrivent dans une démarche de certification environnementale reconnue.

Imprimé en Espagne